呪われて、純愛。

NOROWARETE
JUNAI

SHUICHI NIMARU & HANAMOTO
PRESENTS

著 二丸修一
絵 ハナモト

「よかった……っ！
事故って聞いてから、ずっと不安で……っ！」
丹沢白雪
たんざわ しらゆき
SHIRAYUKI TANZAWA

「本当に……記憶喪失なんだ……——許せない」
才川魔子
さいかわ まこ
MAKO SAIKAWA

「……こっち」

「ここって――」

（あっ……そう……だ……）

「思い……出した……？」

「――ああ」

湖西廻
こさい めぐる
MEGURU KOSAI

「あー、もうやる気が
削がれちゃったわね。
今日の仕事、サボろうかしら」

（まったく、記憶障害になる前の俺はよくやってたものだ……）

NOROWARETE JUNAI

CONTENTS

『のろわれて、じゅんあい。』

SHUICHI NIMARU & HANAMOTO PRESENTS

NOROWARETE JUNAI

呪われて、純愛。

「のろわれて、じゅんあい。」

SHUICHI NIMARU & HANAMOTO
PRESENTS

NOROWARETE JUNAI

著 二丸修一
絵 ハナモト

プロローグ

＊

「――湖西《こさい》くん、君は交通事故の影響で記憶障害を起こしている」

病室に、先生の声がゆっくりと広がる。

唐突、というわけではない。先生は慎重に俺の精神状態を確認した後、満を持してこの話題を出してきた。

それでも驚きは隠せず、俺はベッドから腰を上げようとした。

しかしできなかった。

「っ！」

左肩に痛みが走ったせいだ。昨日先生から『左肩が脱臼している』と告げられていたが、それからほとんど寝てばかりいたから頭から飛んでいた。

「寝たまま聞いて」

先生は医者の割にボサボサ髪で、いい意味で知的な感じがしない。好意的な表現をすれば、親しみが感じられる風貌と言えるタイプだ。

だからだろうか。脳の奥がぼんやりとしていることへの焦《あせ》りは湧かず、まずは先生と話をしてみようと素直に思えた。

俺は頷《うなず》いて枕に頭を預け、話を気になっていた点に戻した。

「記憶障害って……つまり、記憶喪失ということですか？」

その違いがよくわからなかった。

記憶に問題がある自覚はある。だっていつ、どうして、左肩の脱臼をしたのか思い出せないから。

明確な記憶があるのは昨日からだ。

気がついたらベッドの上にいて、頭は包帯で巻かれ、左肩を脱臼していた。

状況から考えて、俺は事故に遭ったのではないか——という推測を立てていたが、疲労か麻酔のせいか、眠気が強かったため考えがまとまらないでいる。

「まあ一般的にはその言葉が一番わかりやすいかもね。ただ記憶が『喪失』しているわけじゃないんだ。医学的に言えば君は『解離性健忘による記憶障害』で、その中でも『系統的健忘』の可能性が最も高い」

「『系統的健忘』……？」

「特定の人物や家族に関するすべての情報など、特定のカテゴリーの情報の記憶障害を起こしている場合に使う。例えば……君のフルネーム、年齢、学校名を教えてもらっていいかな?」

「湖西廻《こさいめぐる》。十五歳。三関《さんかん》高校一年生です」

「うん、いいね。じゃあこれはわかるかな?」

先生が自分の羽織っている衣服を指差す。

「白衣です」

「今いる場所は?」

「病院です。個室ですが、費用は大丈夫でしょうか?」

「君は妙なところで心配性だね。大丈夫、気にしなくて平気だよ。じゃあ日本の首都は?」

「東京」

「これはどうだろう?」

先生が親指を立て、人差し指を伸ばし、中指は九十度に折り曲げる。

この独特のポーズは……。

「フレミングの左手の法則」

「うん、そうだね。ならご両親の名前は?」

「りょう、しん……」

脳の奥底が、うずく。

ズクン、と波を打つリズムで鈍痛が指先へ広がる。

何か思い出さなければいけない気がするのに——届かない。

「はぁっ……はぁっ……はぁっ……」

鼓動が跳ね上がった。痛みはさらに増していく。

息苦しい。

焦《あせ》りと、わだかまりと、恐怖。

これらがぐちゃぐちゃになって、脳を真綿で締め付けられているかのようだ。

「——落ち着いて」

優しい声が頭に降り注ぐ。

「焦《あせ》ることはない。いずれゆっくりと思い出していけばいいんだ」

「はっ……はっ……」

俺は大きく深呼吸した。

意識を呼吸に集中させ、余計なことを考えないよう思考を限定する。

そのおかげか正常な心音が戻ってきた。

「気持ちを落ち着かせる薬を処方したほうがいいかな？」

「……いえ、大丈夫です」

「必要とあればいつでも言って」

「はい、ありがとうございます」

この様子だと、覚えていないだけで俺は昨日も同じような症状が出たのだろう。『両親』という単語を出すまでの流れがあまりにも作為的だった。

俺が落ち着いたのが見て取れたためか、先生は続きを語り始めた。

「少なくとも君は中学生レベルの知識はしっかり覚えている。それは今の会話で自覚できたかな？」

「そう……みたいですね、はい」

我ながら『フレミングの左手の法則』がすらりと出てくるとは思わなかった。

「ただ君は、『知人』に関する知識がすっぽり抜けているみたいなんだ」

「……」

「家族、友人、クラスメート、『知人』の範囲は広い。君の様子を見つつ、少しずつ面会許可を出すつもりだ」

「『知人』に限るなんて……そんな限定的な記憶喪失なんてあるんですね」

「逆だよ。全部忘れる記憶喪失のほうがほとんどない。全部忘れたら言語も忘れているはずだから、話すことすら不可能なはずだろう？　君の記憶喪失のイメージは、会話ができないようなものかな？」

「……いえ、違います」

先生は朗らかな笑みを浮かべた。

「うん、やっぱり一般常識に関しては問題ないようだ。健忘には、心因的ストレスが直結している場合が多い。だからある期間、ある範囲、ある系統で忘れるってほうが多いし、自然だ」

「トラウマができてしまい、そこだけ忘れるとか？」

「そうだね。自己を守るために記憶を封印したパターンだね。ただ、トラウマだけ覚えている場合もある。心が関係している事柄を型に嵌《は》めないほうがいい」

なるほど、言われてみるとそういうものなのかもしれない。

「そもそも人間は、日常のことのほとんどを忘れながら生きてるんだ。君は思い出せないことがあって焦《あせ》るかもしれないけど、僕だって三日前の食事さえ思い出せないんだよ？」

先生は肩をすくめてお茶目に笑う。

自分が運悪く特殊な状況になっている不安があった。

しかしそう言われると、救われる気がする。

「ありがとうございます。心が少し軽くなりました」

いかにも人のよさそうな先生は、ボサボサ髪をかきむしった。

「――ま、人の心を解き明かすには、まだまだ研究が足りなくてね。少しずつ記憶を紐解《ひもと》いていこう。君は重く考えず、気楽にしてて。あとは僕に任せてよ」

＊

それから一週間後――

これから俺は、先生が面会許可を出した相手と病室で会うこととなっていた。

記憶の状態や変化を知りたいということで、前情報は何一つもらっていない。先生からは『何かあればナースコールを押して。すぐに駆け付けるから』と言われている。

俺は緊張しつつ、面会相手が来るのを待っていた。


「失礼します」


病室のドアがゆっくりと開く。

現れたのは、俺と同じ年頃の可愛《かわい》らしい女の子だった。

正直驚いた。やってくるのは両親だと思っていたから。

俺は両親がどんな顔でどんな性格か、まるで覚えていない。しかし漠然と中年の男性か女性がやってくると思い込んでいた。

髪は肩ほど。背が低く、華奢《きゃしゃ》で、小動物のような大きな瞳を持っていた。フリルのついたワ

ンピースは彼女の可愛《かわい》らしさを一層高めている。

彼女は今まで多くの人に愛されて育ってきたのだろう。保護欲を掻《か》き立《た》てるような愛らしさを持っていて、その場にいるだけで心が和む空気をまとっている。

彼女の純粋で真《ま》っ直《す》ぐな眼差《まなざ》しが俺の顔で止まると、その双眸《そうぼう》から涙が一筋こぼれ落ちた。

「廻《めぐる》くん……っ!」

涙がリノリウムの床に落ちる前に彼女は駆け出していた。

俺の胸元に飛び込んでくる。

可愛《かわい》らしい女の子に抱き着かれ、俺は困惑した。

「あ、あの、ちょっと……」

「よかった……っ! 事故って聞いてから、ずっと不安で……っ!」

彼女の不安と安堵《あんど》が、摑《つか》まれた服から伝わる震えで感じられる。

心の底から心配してくれたことに、胸の奥がじわりと熱くなった。

「そっか。心配してくれてありがとう」

「……うん」

彼女は俺の胸に顔をうずめ、静かに泣いた。

労《いたわ》るためにそっと彼女の肩に手を置くと、彼女は手を重ねてきた。

何だろう。彼女と接していると温かな気持ちが湧いてくる。

これは忘れている記憶が影響しているのだろうか。

『廻《めぐる》くん……やっと、また会えた――』

フラッシュバック。

そう遠くない、近しい記憶。

なのになぜか懐《なつ》かしくて、同時にせつない。

「っ！」

脳を針で突き刺したような激痛が一瞬襲いかかる。

ふと、霧のかかった頭の奥底に、一つの単語がガリッと引っかかった。

「廻《めぐる》くん……っ⁉　どうしたの⁉　大丈夫⁉」

「白雪《しらゆき》……？」

無意識に出た言葉に、白雪《しらゆき》はゆっくりと目を見開いた。

「……うん。そう、私だよ……っ！　思い出してくれたんだね……っ！」

白雪《しらゆき》の瞳からスーっと涙が流れる。

想像以上の反応だった。

俺は戸惑い、慌てて告げた。

「悪い。今、名前が出たのは何となくで……他のことはまだ思い出せないんだ」

「あっ……そっ、そうだよね。あははっ、勘違いしちゃってごめんね」

白雪《しらゆき》は涙を拭うと、恥ずかしくなったのかベッドの横にあるパイプ椅子に座った。

「でも名前を思い出せたんだから、きっと他のこともすぐに思い出せるよ」

白雪《しらゆき》は俺の心を包み込むような笑みを浮かべた。

まだ何も思い出せない。

それでもこみ上げる温かな気持ちで、今までも俺は彼女の笑顔に救われてきたことを確信していた。

「……うん、ありがとな」

白雪《しらゆき》はなぜだか赤面した。

俺が首を傾《かし》げて様子をうかがうと、白雪《しらゆき》は指をもじもじさせた。

「あ、あのね、思い出して欲しいことはたくさんあるけど、も、もしよければ、これだけは真っ先に思い出して欲しいな……」

白雪《しらゆき》は意を決したような顔をすると──

──いきなり俺の頬に触れるだけのキスをした。

驚く俺に白雪《しらゆき》は頰を赤らめ、はにかんだ。

「──私と、恋人だってこと」

＊

翌日、先生はもう一人面会の許可を出した。

病室に現れた少女は、白雪《しらゆき》とあまりにも正反対の少女だった。

彼女は無言で病室のドアを開け、俺を見つけるとにらむような表情で固まった。

「…………」

「君は──」

「…………」

あまりの目力に、俺はそれ以上がうまく口をついて出てこなかった。

傾城《けいせい》の美女、というのは彼女のような容貌の持ち主なのかもしれない。

一目でわかる圧倒的な美貌。しかもそれだけでなく、相反する魅力とも思える、年頃の少女らしい可憐《かれん》さまで持ち合わせている。

素でも彼女は誰もが振り向くほどの魅力を持っているだろう。にもかかわらず彼女は化粧や服装で持ち前の美貌を爪の先まで磨き抜いている。

昨日現れたのは、小柄で素朴で純粋で、誰もが守ってやりたくなるような白雪《しらゆき》。

彼女はそんな白雪《しらゆき》と正反対だ。長身でスタイルが良く洗練されていて、魔性とも言える魅力と、どこか危うい雰囲気を持っていた。

「……すまない、君の名前が思い出せないんだ」

引っかかる部分は凄《すご》くある。懐《なつ》かしさもこみ上げている。

でも白雪《しらゆき》のときのように記憶は蘇《よみがえ》ってこなかった。

「ひとまず立ちっぱなしもなんだから、椅子に座って――」

「本当に……記憶喪失なんだ……」

ようやく彼女はそれだけを口にした。しかしそこで止まり、彼女はうつむいてしまった。

沈黙が下りてくる。

俺は耐えきれず、口を開いた。

「あの――」

「――許せない」

彼女は顔を上げると、流麗な眉を寄せてそうつぶやいた。

苛烈な表情だった。激昂《げきこう》している、と言っていいだろう。

でもなぜか、泣きそうな顔をしている、と思った。

彼女は怒りのまま、ハイヒールの音を立てて一気に近づいてきた。

俺が彼女のために椅子を勧めようとしたところ——
「ん……っ！」
——いきなり、口づけをされていた。
俺をねじ伏せようとするようなキスだった。
有無を言わせないとばかりに、両手で俺の両頰をがっちりと挟んでいる。
『メグル……あたしに残ったのは、共犯者のあんただけ』
ズクンッ、と全身を貫く痛みとともに、涙に濡《ぬ》れた彼女の顔がよみがえってきた。
まただ。
記憶の扉が少しだけ開いている。
押し寄せてくるのは、苦しく、悲しく、絶望的な気持ちだった。
何だろう。
彼女を見ていると、なぜだか泣きたくなる。
「魔子《まこ》……」

唇が離れた瞬間、俺は反射的にその名を口にしていた。

「…………その他は？」

彼女は俺の両頬を挟んだまま、至近距離でにらみつけてきた。

どうやら名前は合っていたらしい——が、あいかわらず記憶の霧は晴れずにいる。

そのため俺は困り、思わず名前の印象を口に出していた。

「白雪《しらゆき》と魔子《まこ》、か……。まるで白雪《しらゆき》姫と魔女みたいだな」

王妃でもある魔女が鏡に向かって『誰が一番美しいのか？』と問いかけたところ、白雪《しらゆき》姫と回答があったことで嫉妬し、白雪《しらゆき》姫に赤い毒リンゴを渡して殺そうとした——有名なあれだ。

「……懐《なつ》かしいわね。小六のとき、やったわね」

「やったのか」

「あんたはリンゴ役だったわ」

「リンゴ役なんてあったのか」

「あるわけないじゃない。あんたがやったのは王子役よ」

「ナチュラルに嘘《うそ》をつくな。前はどうだったか知らないが、今はよくわからない」

俺が真顔で答えると、魔子《まこ》は深いため息をついた。

「……あんたは昨日、シラユキに『恋人』と言われたわよね？」

「あ、ああ。どうしてそれを？」

「本人に聞いたから」

先ほどの口ぶりといい、魔子《まこ》と白雪《しらゆき》は知り合いのようだ。

（……と、待てよ）

問題はそこじゃない。

もっと重大でおかしな部分がある。

「ちょっと待ってくれ。俺と白雪《しらゆき》が恋人なら、今のは……」

なぜ恋人じゃないのに今キスをしたのか、とは露骨すぎて口に出せなかった。だから口を濁した。

だが意味は十分に通じたのだろう。

魔子《まこ》はきっぱりと言った。

「——それはあたしが、本当の恋人だから」

「……え？」

俺は素っ頓狂な声をあげてしまった。

すると魔子《まこ》は俺のおでこに自らのおでこをくっつけてきた。

熱があるか測るときと同じ体勢だ。

「でも、絶対にシラユキに言ってはダメよ。秘密の関係だったの」

魔子《まこ》の吐息が、鼻の頭にかかる。

頬を美しい指でなぞられ、ゾクゾクした。

「じゃあ俺は、二股をかけていたのか……？」

「違うわ……たぶん……」

たぶん、とはどういう意味で言っているのだろうか。

よくわからない。

「悪い、説明をしてくれないか？」

「……やめておくわ。さすがにいきなりすべては無理って、理解したから」

魔子《まこ》が距離を取る。

なぜか半身が遠ざかったような寂しさが残った。

「メグル、あたしが記憶を取り戻させてあげる。――どんなことをしてでも」

魔子《まこ》はそれだけ言うと、ハイヒールを回転させ、颯爽《さっそう》と病室を出て行った。

＊

記憶喪失。

そして現れた――『恋人』と名乗る二人の美少女。

俺と彼女たちの関係は？

曖昧な記憶だけれど、一つだけわかることがある。

確かに俺は、白雪《しらゆき》も魔子《まこ》も愛していた。

それが同時なのか、時期がずれていたのかすらわからない。

はっきりしているのは、この息苦しいほどの胸の締め付けが、彼女たちへの愛《いと》おしさを示していることだった。

その一　――嫉妬よ

＊

最初の面会を経て、先生は白雪《しらゆき》を俺に会わせても大丈夫と判断したらしい。

「廻くん、気分はどう？」

魔子《まこ》がやってきた日の翌日から、白雪《しらゆき》は毎日病室へ顔を出してくれるようになった。

平日はいつも制服だ。そのことを聞いてみると、

「家に寄ると遠回りになっちゃうから、時間が惜しくて。……迷惑だった？」

と、いじらしいことを言ってくる。

言動を見る限り、白雪《しらゆき》は『俺の恋人』なのだろう。

ただ記憶がない現在、異世界に飛んで初めて会った美少女がいきなり『あなたとは前世からの恋人です』と言ってきたくらい俺は意味がわかっていなかった。

「ふんふふん～♪」

まだ左肩が痛む状況のため、白雪《しらゆき》が洗濯をしてくれるのはとても助かっていた。ただ、いつも洗濯物を畳む際、少し調子の外れた鼻歌を歌うのは気になってしまうところだ。

（まあ、そんなところが可愛《かわい》らしい）

俺がベッドを起こした状態で見つめていると、白雪《しらゆき》が笑顔で振り返った。

「ん、どうしたの？」

「……いや」

「そう？　ならいいけど。……ふんふふん～♪」

白雪《しらゆき》には少々天然っぽい部分がある。それとちょっと鈍い。

これは短所じゃない。長所だ。

何と言えばいいのか――彼女のほのぼのとした雰囲気が、凄《すご》く落ち着く。

まだ白雪《しらゆき》に関してまるで思い出せないが、白雪《しらゆき》がいると温かな時間が過ぎるのだ。

可愛《かわい》らしく、いつも一生懸命で、献身的な、俺の彼女。

そう考えると、胸が熱くなる。

記憶がない状況下で、彼女が傍《そば》にいてくれるのはせめてもの救いのように感じていた。

「そういえば白雪《しらゆき》は部活をしたり、塾に行ったりしてないのか？」

白雪《しらゆき》が洗濯物を畳み終えたタイミングで俺は聞いてみた。

高校生の放課後と言えば、思いつくのはこの二つだ。毎日来てくれるのは嬉《うれ》しいけど、負担はできるだけかけたくない。そう思っての質問だった。

白雪《しらゆき》はベッドの傍《かたわ》らにあるパイプ椅子に座ると、お土産に持ってきてくれたリンゴの皮をむき始めた。

「塾には行ってるけど、お母さんも廻《めぐる》くんの事情を理解してくれてて……。だからちょっとだけお休みさせてもらってるの」

白雪《しらゆき》の母親は優しい人のようだ。白雪《しらゆき》が来てくれることで俺の不安や寂しさがまぎれるのをわかってくれているのだろう。

「お母さん、か……」

何となくつぶやいた。

最初に思い出すとすれば、両親のこと——というのが一番自然のように感じる。

しかしいまだ引っかかりすら思い出せない。

「っ！」

頭痛がした。脳の奥を釘《くぎ》で突き刺すような痛みだ。

一人で思い出そうとするとき、何度もこんな痛みを感じてきた。そのまま激痛に耐えつつ思い出そうとしているところを看護師さんに見つかり、先生に怒られたこともあった。そのたびに薬の量を増やされたため、なるべく思考を避けてきたが——今は白雪《しらゆき》がいる。

最悪何とかなるだろう……そんな気持ちを抱きつつ聞いてみた。

「白雪《しらゆき》、俺の両親は？」

ピタリ、と果物ナイフの動きが止まる。

「普通に考えれば、俺の身の回りの世話は両親がするものだろう。俺や白雪《しらゆき》が社会人の年齢ならともかく、互いに高校生だ。恋人の白雪《しらゆき》が塾を休んでまでやってくれるのはおかしいし、白《しら》雪《ゆき》の両親がそれを受け入れていることも違和感がある」

ズクンッ、ズクンッ、と鼓動と同じタイミングで痛みが駆け巡る。でも中途《ちゅうと》半端《はんぱ》に言葉を止める気になれなかった。

「……………」

俺の言葉を、白雪《しらゆき》は俺をじっと見つめて聞いていた。

「痛みがあるなら、ダメ」

「痛みなんてほとんどないって」

「嘘《うそ》。私、廻《めぐる》くんをずっと見てきたからわかるよ。普段表情をあまり出さない廻《めぐる》くんがそんな顔をしてるってことは、相当痛いってこと。違う？」

俺の多少の強がりなんて、簡単にお見通しのようだ。

白雪《しらゆき》はリンゴと果物ナイフを横に置くと、俺の手にそっと自分の手を重ねた。

「焦《あせ》らないで。大丈夫」

不思議だ。白雪《しらゆき》の手から伝わってくる温《ぬく》もりに痛みが溶かされていくようだ。

「……ありがとう。白雪《しらゆき》のおかげで、もう痛くない」

俺が礼を言うと、白雪《しらゆき》は頰を真っ赤にした。

「……ま、任せてよ。わ、私、恋人だし、いつだって傍《そば》にいるから」

「なんでどもるんだ？」

「そ、それは……っ！」

白雪《しらゆき》はわちゃわちゃと胸の前で手を動かした。

「な、何だか私たち恋人なんだなって、思って……それで、恋人っぽいことを返さなきゃって思ったら、照れくさくて……」

理由が可愛《かわい》らしくて、思わず俺は笑ってしまった。

「廻《めぐる》くん、ひどい！　笑わなくてもいいのに！」

微笑《ほほえ》ましい、とはこういうことを言うのだろう。

俺はきっと、白雪《しらゆき》のこういうところを好ましく思っていたに違いない。

「あ！　そうだ！　廻《めぐる》くん、勉強しよう！　勉強！」

突然、白雪《しらゆき》は元気よく言った。

あまりにわざとらしい言動だ。両親の話題から話を変えようとしたのだろう。

白雪《しらゆき》はどうも嘘《うそ》が下手くそだ。ただまあ、それが逆に誠実さや素直さに繋《つな》がっている。

「先生からお願いされたの。一緒に勉強してみて欲しいって。勉強って『知人』とは関係ないから負担が少ない可能性が高いし、勉強しておいたほうが学校に復帰したとき苦労せずに済むでしょ？」

「なるほど、確かに」

白雪《しらゆき》と先生は密接に繋《つな》がっているらしい。白雪《しらゆき》は俺のところにやってきた後、どんな話をしたか先生に報告しているとのことだ。

そのときの反応や会話内容を確認し、先生はどこまで話していいか許可を出す。それを受けて白雪《しらゆき》は話題を増やしていく――という連携がされているようだ。

「じゃあ廻《めぐる》くんがどこまで勉強を覚えているか、試してみようか」

「ああ」

というわけで白雪《しらゆき》の教科書を借りつつ、学力を測ってみたところ――

「ううっ……やっぱり廻《めぐる》くんのほうが頭いい……。私、教えたかったのに……」

「あ、なんというか……悪い」

「ううん、廻《めぐる》くんが悪いわけじゃないんだけど～」

白雪《しらゆき》はいじけて教科書を人差し指でぐるぐるなぞった。

「俺、成績良かったのか……？」

「学年十位以内だったよ」

「へぇ」

自分のことながら驚いてしまった。

「事故が起こった、二週間前の内容まで覚えてたね。これならすぐに追いつけるよ」

「よかった。ちなみに白雪《しらゆき》の成績は？」

「──聞かないで」

白雪《しらゆき》は顔を背けた。

「…………」

「…………」

「……成績は？」

「う～、聞かないでって言ったのに～……」

白雪《しらゆき》がゆっくりと振り向く。その瞳は恨みがましい。

ただ白雪《しらゆき》は元々人がよさそうな顔をしているので、本人は怒っているのかもしれないが、俺から見れば可愛《かわい》らしくすねているようにしか見えなかった。

「ダメなんだな」

「廻《めぐる》くんひどい～。私だって頑張ってるんだよ？」

頬を大きく膨らませている。まるで餌を頬張るリスのようだ。

「怒らせるつもりはなかったんだが」

「まあ、成績が良くないのは廻《めぐる》くんのせいじゃなくて、私のせい。それはわかってるんだけど……。昔から廻《めぐる》くんは何をやらせても器用だし、魔子《まこ》ちゃんは天才すぎるし……うう～っ……」

また涙目になってしまった。知らずして白雪《しらゆき》の地雷を踏んでしまったようだ。

俺は言葉に窮して頭を掻《か》いた。

(ちょっと気になるセリフがある。聞いていいかわからないが……)

何気なさを装《よそお》って尋ねた。

「魔子《まこ》って、そんなに頭がいいのか?」

白雪《しらゆき》の口から魔子《まこ》について出てきたのは初めてだ。

魔子《まこ》は一度来て――突然俺にキスをし、『本当の恋人』と言って――以来、顔を見せていない。それだけに気になっていた。

「そもそも俺と魔子《まこ》との関係は?　白雪《しらゆき》との関係だって、恋人だってことしか教えてもらってない。俺たち三人、小学生のころには知り合っているようだが、いつどこで出会って、どんな風に時間を過ごしてきたんだ?」

思わず早口になっていた。

両親などのことも気になるが、鮮烈な出会いをした魔子《まこ》のこと――特に『本当の恋人』というセリフの意味はそれと同等以上に気になっている。

「こうして毎日来てくれる白雪《しらゆき》との関係さえよくわかっていないのって、どうにも気持ち悪くて」

「私としては、もっと落ち着いてからでもいいと思うんだけど……」

白雪《しらゆき》は俺の様子をうかがいつつ言った。

「……私や魔子《まこ》ちゃんの関係を語ろうとすると、先生が警戒している記憶にかかわってきてしまうの」

「警戒……？　両親に関してか？」

「……それもその一つだね。特に魔子ちゃんは廻くんにとって一番近しい存在だから、慎重になっている部分が多くて」

「恋人の白雪《しらゆき》よりも近い存在なのか？」

「それは……うん、そうだね……」

白雪《しらゆき》が遠い目をする。

なぜこんなに寂しそうな表情になるのだろうか。まったく意味がわからない。

魔子《まこ》は言っていた。自分が本当の恋人だ、と。そのことが関係しているのだろうか。

だとしたら俺が二股をかけていたと、白雪は勘付いている？

（いや、それは違うか）

二股を疑っているようなら、もっと端々に怒りや嫉妬が混じるのが自然だ。

白雪《しらゆき》は純粋に俺を心配し、かいがいしく面倒を見てくれている。白雪《しらゆき》がうまく隠している可能性は否定しきれないが、嘘《うそ》が下手な白雪《しらゆき》なだけに、その可能性は低いように思う。

魔子《まこ》は二股をかけていないというような内容のことを言っていた。意味は正確に受け取っていいかわからないが、たぶんそっちのほうが正解なのだろう。

魔子《まこ》が俺にとって一番近しい存在というのも謎だ。一番近しい存在なら、白雪《しらゆき》の代わりに毎日来てもおかしくないだろう。なのにそんな雰囲気はまるでない。

（まったく、謎ばっかりだ……）

我がことながら嫌になってくる。過去の自分自身に問い詰めたい気分だ。

「焦《あせ》らなくていいって言うが、白雪《しらゆき》は俺が記憶を取り戻さないほうがいいと思うのか？」

「もちろん記憶を取り戻して欲しいよ……でも、さっきみたいに痛みに耐えている廻《めぐる》くんを見てると、さすがに……」

心から俺のことを想《おも》ってくれていることが伝わってくる。

今の俺は、根無し草だ。記憶がないせいで自分が何者なのかわからない。ルーツがまるでわからず、見えるのは目の前にあるものだけ。

（それだけに、親身になって支えてくれる白雪《しらゆき》の存在は本当にありがたい……）

ふと俺は、ちゃんとお礼を言っていないことに気がついた。

「白雪《しらゆき》には感謝してる。もし白雪《しらゆき》がいなかったら、きっと今後が不安でしょうがなかったと思う。君が傍《そば》にいてくれるおかげで救われているんだ」

「廻《めぐる》くん……」

白雪《しらゆき》は涙目になってつぶやき、大きく微笑《ほほえ》んだ。

「えへへ……。当たり前だよ。私は恋人だもん」

「ありがとう。けれど、それだけに申し訳ないんだ」

「何が？」

「白雪《しらゆき》について、全然覚えていないこと」

「……………」

俺は拳を握りしめた。

「白雪《しらゆき》が傍《そば》にいてくれることに救われてるからこそ、知りたい。また頭が痛くなるかもしれないのは怖いけど、どうせ思い出す必要があるんだ。なら早いほうがいい」

「でも——」

「さっき白雪《しらゆき》が手に触れてくれただろ？　そうすると、痛みがなくなっていったんだ。もしよければ、俺の手に触れながら教えてくれないか？」

「廻《めぐる》くん……」

「それなら、大丈夫な気がする」

白雪《しらゆき》は表情を引き締めて言った。

「ちょっと待って」

そうして鞄《かばん》に手を伸ばす。

中から取り出したのは、桜柄のメモ帳だ。

白雪《しらゆき》は栞紐《しおりひも》のページを開いて、じっと考え出した。

「何が書いてあるんだ？」

「先生からの注意事項。どこまで話していいかとか、メモしてあるの」

「じゃあ、現状話していい部分だけでも教えて欲しい」

「……廻《めぐる》くん、もし気分が悪くなったりしたらすぐに言ってね」

「わかった」

俺が頷《うなず》くと、白雪《しらゆき》はそっと俺の手を握ってきた。

「……余計なことを言わないほうがいいと思うから、私から見た事実だけ語るね」

白雪《しらゆき》の手が僅かに震えている。

大丈夫だと伝えるために俺が軽く握り返すと、一拍置いて白雪《しらゆき》は話し始めた。

「私が廻《めぐる》くんと出会ったのは小学五年生のとき。廻《めぐる》くんは私と魔子《まこ》ちゃんが通っていた小学校に転校してきたの」

「転校……？　理由は……？」

「廻くんの家族が事故死して、遠縁の親戚だった魔子ちゃんの家に引き取られたから」

ドクン、と鼓動が一気に跳ね上がった。

（──そうか）

両親が事故死し、魔子《まこ》の家に引き取られ、その結果白雪《しらゆき》と会った──となると、白雪《しらゆき》や魔子《まこ》との関係を知ろうとすれば、両親の話題を避けるのは不可能だ。だから白雪《しらゆき》も慎重になっていたのだろう。

ドクン、ドクン、と脈を打つ心臓の音が大きくなる。

「はっ……はっ……」

酸素が薄い。息苦しくなってきた。


『……お兄ちゃん……ほら……貝が……』

『……ふふっ、可愛《かわい》い寝言』

『廻《めぐる》も寝たか？』

『みたいね。さっきからこっくりこっくりしてる』

『また来年の夏も行こうな』

『ええ。今度はあなたの休みがもっと取れるといいのだけれど』


そうだ、小学五年生のときだ。

なんだか夢でも見ていたかのような気分だったのを覚えている。

海へ行った帰り道。俺は遊び疲れ、三歳年下の妹と一緒に後部座席でうとうととしていた。そんな俺と妹を見て、助手席の母と運転している父の会話が耳に届いていた。

優しい両親と可愛《かわい》い妹に囲まれ、心地よい幸福に包まれていた俺は──

──いきなり耳をつんざくブレーキ音で目を覚ました。

目を開けたときにはすでに車が迫っていた。
衝撃があって、シートベルトをしていたけど、頭や身体《からだ》を強く打ちつけて……。
目が覚めたとき、すべてが終わっていた。

──俺だけが奇跡的に生き残った。

事故の原因は突っ込んできた車の運転手が酒を飲んでいて、運転を過《あやま》った。それだけ。
それからのことはあまり覚えていない。葬式のときも、ほとんど記憶にない。後で聞いた話では、俺はずっとぼんやりとしていたらしい。
気がついたら魔子《まこ》の家に引き取られていた。

『ふーん、あんた、廻《めぐる》っていうんだ……。あたしの名前は才川魔子《さいかわまこ》。あたしのほうが誕生日遅いから、あたしが妹ってことになるみたいだけど、勘違いしないでよね。同じ学年なんだから関係ないわ。あたしはあんたのこと、兄なんて思わないから！』

ああ――そうか。そうだった。なんて当たり前のことを忘れていたんだろうか。

俺と魔子《まこ》は兄妹《きょうだい》。ただ本当の兄妹《きょうだい》ではなく、俺が引き取られて同居しているから、一応そういう扱いという関係だ。

――魔子《まこ》ちゃんは廻《めぐる》くんにとって一番近しい存在。

白雪《しらゆき》がこう言うのも当然だ。

だって魔子《まこ》は親戚で、形式上の兄妹《きょうだい》で、同い年の家族なのだから。


「――大丈夫、廻《めぐる》くん！」

「っ！」

思考が現実に引き戻される。

視界は広がり、俺は周囲を見渡した。

白いカーテンにリノリウムの床。見慣れた病室だ。

そして白雪《しらゆき》。

随分心配をかけてしまったようで、俺の手を強く握り、顔を青くしていた。

「俺、どのくらい意識が……」

「ほんの数秒だけど」

「……五分は意識が飛んでいたように感じたよ」

白雪《しらゆき》が濡《ぬ》れタオルを差し出してくれた。

俺は額が汗だくになっていたことに気がつき、ゆっくりと拭った。

「今日はもうやめようか……？」

「いや、むしろ気分がいいくらいだ」

「でも…………」

随分心配させてしまったようだ。

ただ気分がいいというのは嘘《うそ》じゃなかった。

今、ありがたいことに頭痛がない。

それどころか頭の中の霧が少し晴れ、すっきりしていた。

「家族のこと、思い出したよ。俺、死んだ妹のことまで忘れてたんだな」

「そこを思い出せたの⁉」

今まで先生も白雪《しらゆき》も、『家族』という単語は使ったが、『妹』とは一度も言わなかった。きっと気を遣っていたに違いない。

白雪《しらゆき》は先生を呼ぶか迷っていたようだが、俺の顔色を見て、行けると判断したようだった。

「私は魔子《まこ》ちゃんの紹介で廻《めぐる》くんと会ったの。廻《めぐる》くんは魔子《まこ》ちゃんのクラスに転校したんだけど、当時私は別のクラスで。魔子《まこ》ちゃんからは『あたしだけじゃ会話にならないから、シラユキも協力して』って……そんな感じで言われたかな」

「会話にならない？」

「そのときの廻《めぐる》くん、誰が話しかけても、心ここにあらずだったから……」

そこまで言われてぼんやりと思い出してきた。

俺は両親と妹が死に、現実がぼんやりとしていて……。

喜びも苦しみもなく、誰かに話しかけられても遠く感じられ、ただ時間が過ぎていた。

『あんた、根暗なのはしょうがないけど、人から言われたら、はい、くらい言いなさいよね』

『…………はい』

『素直なのは認めるけど、それはそれでムカつくわね。ああもう、あんたとじゃ話が盛り上がらないじゃない。しょうがないから今度あたしの親友を紹介してあげるわ』

『…………はい』

『まったく、面倒なんだから。パパから面倒見てやってくれって言われてなければ、とっくに見捨ててるところよ』

『…………はい』

今思い出してみると、魔子《まこ》に対してひどい対応していたな……。

まあ魔子《まこ》も負けじとひどいことを言っている気がするが、それはいい。

こういった事情で魔子《まこ》が家に連れてきた『親友』こそが白雪《しらゆき》だった。

『あ、あの、丹沢白雪《たんざわしらゆき》です……。よ、よろしくお願いします……』

『…………はい』

『はい、お願いします』

『…………はい』

『……はい？』

『…………はい』

『…………はい』

『…………はい』

『ああ、もう訳がわかんない！　二人で何やってるのよ⁉』

当時の気持ちまではよく思い出せない。それはきっと、今回の記憶障害と関係なく、昔過ぎることだから。

でも感覚的に白雪《しらゆき》と性が合ったのを覚えている。

魔子《まこ》は気が強く、鋭い気質だ。白雪《しらゆき》はおっとりしていて、天然。そんな温和なところが、俺は好ましかった。

「白雪《しらゆき》は魔子《まこ》と性格が正反対なのに、なんで親友になれたんだ？　今思い出した範囲だと、正直なところ、なんで白雪《しらゆき》が魔子《まこ》の親友になってくれてるんだろうな……って疑問が湧いてくる」

魔子《まこ》について思い出すたび、その気性の激しさを否応《いやおう》なく感じる。それとは逆に、白雪《しらゆき》は小さなころから心優しいんだと実感していた。

きっと白雪《しらゆき》は周囲から好かれただろうし、魔子《まこ》は気の強さから人とぶつかることが多かったんじゃないだろうか。

そう考えると、白雪《しらゆき》がよく魔子《まこ》の親友になってくれたな、と思えるのだ。

「あはは、逆だよ、廻《めぐる》くん」

「逆？」

「私が親友にしてもらったの」

「……いや、それはないだろ……」

「え？　何で？」

「何で、と言われても……」

少ししか思い出していないのに、断言できる。

どちらと友達になりたいかと言えば、ほとんどの人間が白雪《しらゆき》と言うだろう。

「私と魔子《まこ》ちゃんが出会ったのは小学三年生のとき、同じクラスになったのがきっかけだったんだけどね。そのころから魔子《まこ》ちゃんはみんなの憧れの的だったよ」

「……そうなのか？」

「ふふっ、そういう鈍いところ、前から変わってないよね」

「鈍い、か……」

なるほど、自覚がなかったから覚えておこう。

「あ、ごめん待って。う～ん、そのまま受け止められるとちょっと違う気がするから、もう少し正確に言うね」

「ん？」

「あのね、基本的に廻《めぐる》くんってあらゆることに敏感で気が利《き》きすぎるくらいなの。でも人を顔や肩書きで判断しない部分があって。そういったところがすっぽり抜けていたり、自分自身についてはびっくりするほど計算に入れてなかったり。そういうピンポイントで鈍いところがあるってことなの。だって魔子《まこ》ちゃんを見れば、ほとんどの人は友達になりたいって思うよ？」

「どうしてだ？」

「だって誰がどう見ても美人でしょ？」

「なるほど……」

人を美醜であまり判断するものじゃない、って考えが根底にあったから、あえて否定しなかったが——言われてみれば物凄《ものすご》くわかりやすい理由だ。

「それだけじゃないんだよ！　魔子《まこ》ちゃんはね、本当に凄《すご》いの！」

白雪《しらゆき》はファンであるかのように語る。

「勉強はいつも一番だし！　運動だって小学生のころは男子の誰よりも凄《すご》かったんだよ！　ただ可愛《かわい》いだけじゃなくて、動きまで綺麗《きれい》だし、服のセンスも凄《すご》くて、みんなの憧れだったの！」

「それは……凄《すご》いな」

記憶を取り戻したばかりのときの、鬼のような表情と突然のキスのイメージが強すぎて、一瞬で呑《の》み込めない。

「でも……だからかな。いつも一人でいたの」

「あの性格じゃあな」

俺はついツッコんでいた。

だって確かに美人で、頭が良くて運動もできるかもしれないが、あの苛烈な性格は……まあ孤立しやすいだろう。

「違うの！　魔子《まこ》ちゃんは何でもズバズバ言えて、カッコいいの！　でも凄《すご》すぎるから、みんなついていけなくなったり、気後れしちゃったりして……。私は図太いから、カッコいいなぁ、憧れるなぁ、と思ってるうちに話しかけちゃって、そうしたら仲良くしてくれるようになったの」

たぶんそういうところだ。白雪《しらゆき》と魔子《まこ》が親友になれたのは。

客観的に聞いていて、やっぱり魔子《まこ》は友達がいなかったのだと思う。白雪《しらゆき》の言う能力の高さもあったのかもしれないが、一番の原因は気性の激しさや気位の高さにあったように感じる。

白雪《しらゆき》はそのすべてを『カッコいい』の一言で受け入れてしまった。少なくとも俺は白雪《しらゆき》と同じような気持ちにはなれないから、二人は相性がいいのだろう。

「魔子《まこ》ちゃんと親友なこと、実は私、密《ひそ》かに自慢なの。口にすると嫌な感じしちゃうから言えないけど」

白雪《しらゆき》は誇らしげに鼻を高く掲げた。

「魔子《まこ》ちゃんってね、美人過ぎて見ているだけで幸せになれちゃうんだよ～。もし難点があるとすれば、魔子《まこ》ちゃんを見慣れちゃうと、鏡を見るとき自分にガッカリしちゃうことかな？」

あはは、と朗らかに笑う。

半分本当、半分冗談といったところのようだ。

「いや、白雪《しらゆき》だって十分可愛《かわい》いけど」

「えっ……？」

白雪《しらゆき》が固まった。

「魔子《まこ》はそりゃ美人かもしれないけど、方向性が全然違うっていうか。白雪《しらゆき》は可愛《かわい》いし性格がいいから、下手すれば魔子《まこ》よりモテてるんじゃないのか？」

俺が淡々と分析した結果を告げると、白雪《しらゆき》は顔をゆでだこのように赤くした。

「そっ、そっ、そんなことないよ！」

「でもよく告白されてるんじゃないのか？」

「廻《めぐる》くんと付き合ってからはないよ！」

「俺と付き合う前はあったんだな」

「うっ……」

本当に嘘《うそ》がつけない性格のようだ。

白雪《しらゆき》は視線をそらし、

「ま、まあ少しは……」

と、絶対少しじゃないだろう言い方をした。

「しかし本当にモテる子って、彼氏がいても告白されるものってイメージがあるんだが。俺って結構怖がられていたりしたのか？」

自分で自分の性格がわからないなんて、不思議なことだ。

やっぱり記憶障害って、気持ち悪い。

「違うよ！　廻《めぐる》くんは怖がられてなんかいない！」

意外なほど強く白雪《しらゆき》は否定した。

「そうなのか？」

「うん」

「じゃあ俺って、どんな性格だったんだ？」

「今と変わらないよ？」

「悪い、白雪《しらゆき》から見えている性格を聞きたいんだ」

「冷静で、客観的で、でも、とても優しい人」

白雪《しらゆき》は頬をほんのり朱に染めた。

素直に受け取らないほうがよさそうだ。褒めてくれるのは嬉《うれ》しいが、きっと白雪《しらゆき》の言葉には恋人としての欲目が混じっている。

「魔子《まこ》ちゃんは何でも一発でできちゃうタイプだけど、廻《めぐる》くんは淡々と努力して一つずつ身に付けていくタイプ」

魔子《まこ》は天才タイプ、俺は秀才タイプってことだろうか。

「魔子《まこ》ちゃんについていけるのは、廻《めぐる》くんだけ。わかりやすい例を出すと、魔子《まこ》ちゃんはモデルをやっていて、廻《めぐる》くんはそのマネージャー的なことをしていたんだよ」

「えっ？」

モデル？　マネージャー？

想像もしてなかった単語だ。

「魔子《まこ》ちゃん、凄《すご》い人気なんだから。なかなか病院に来られないのも、そのせい」

「そう、だったのか……」

改めて考えてみれば、思い当たる節はある。ファッションセンスが素晴らしく、高校生なのに高級そうなものを身に着けていた理由もそれなら説明がつく。

「それにしてもマネージャー的なものって何だ……？」

「正確には魔子《まこ》ちゃんが所属している事務所のバイトで、廻《めぐる》くん曰《いわ》く『魔子《まこ》ちゃん付きの雑用係』なんだって」

「バイトなら他のものをやればいいのに、どうしてわざわざ苦労を買って出るようなことを……」

「最初は別の人が魔子《まこ》ちゃんのマネージャーだったらしいんだけど、魔子《まこ》ちゃんが気に入らなかったらしく、何人も代わって結局廻《めぐる》くんに……」

「ああ、なるほど。理解した」

薄々感じていたが、やっぱり魔子《まこ》は俺の主観を抜きにして、とんでもないじゃじゃ馬じゃないか。

「そういった事情があるから、二人は高校でちょっと特殊に見られてるところがあるの。友達もあまり多いほうじゃないかな。でもね、それはとてつもなく凄《すご》いことだから。私はずっと二人が自慢だし、憧れなの」

「きっと──」

俺は率直に告げた。

「そうやってすぐ白雪《しらゆき》が褒めてくれることで、俺や魔子《まこ》は救われてきたんだろうな。白雪《しらゆき》は多くの人に好かれていると思う。にもかかわらず俺たちの傍《そば》にいてくれてありがとう」

「廻《めぐる》くん……」

白雪《しらゆき》は目を潤ませると、身体《からだ》を寄せてきた。

そして俺の耳元で口を近づけ、ヒソヒソと囁《ささや》いた。

「廻《めぐる》くんのそういう優しいところ、好き」

白雪《しらゆき》は照れ笑いを浮かべた後、俺の二の腕に頬をすり寄せてきた。

「ふふふっ……」

シャンプーの匂いが鼻腔《びこう》をくすぐる。柔らかな髪と皮膚の感触が心地よい。

引き寄せられるように俺は白雪《しらゆき》の頭を撫《な》でた。

すると白雪《しらゆき》はもっと撫《な》でてと言わんばかりに、今度は俺の膝に頭をのせた。

「幸せだにゃあ……」

白雪《しらゆき》は頭を撫《な》でる俺の手に自らすり寄り、猫のようにゴロゴロと動く。

どうやら俺の手や膝の感触が大好きらしい。

「白雪《しらゆき》って甘えん坊だったんだな」

「えへへっ、実はそうなの……。忘れてるなら覚えておいて欲し――」

と、そこで白雪《しらゆき》が硬直した。

何のことかと思って俺が白雪《しらゆき》の視線を追うと――

「魔子《まこ》……」

魔子《まこ》が音もなくスライドドアを開け、立っていた。

あいかわらず服はブランド物で固められ、爪先まで磨き抜かれている。

「……お邪魔だったかしら？」

白雪《しらゆき》がガバッと起き上がると、真っ赤になって目の前で手をわちゃわちゃとさせた。

「あ、あのね、魔子《まこ》ちゃん！　いや、これはね！」

「慌てる必要はないわよ、シラユキ。二人は恋人同士だし、これくらいの行為、当たり前じゃないかしら？」

以前『自分が本当の恋人』と言った口で、魔子《まこ》はそう告げた。

いったい今の魔子《まこ》は、どんな気持ちなのだろうか。

本当の恋人だなんてことを言った覚えはない、という雰囲気で語る。

「そ、そ、そうかな？」

「あまり人に見せるものではないと思うけれど」

「だ、だよねーっ！」

白雪《しらゆき》は頬を人差し指で掻《か》き、うつむいた。

小悪魔っぽく魔子《まこ》は笑う。

「でもまあ、高校生カップルらしい、初々《ういうい》しい健全なお付き合いという感じで悪くないわよ。そろそろキスくらいはしたかしら？」

魔子《まこ》はベッドを挟んで白雪《しらゆき》と反対側のパイプ椅子に座ると、バッグを俺のベッドに置いた。

そしてそのままバッグの中身を漁《あさ》り始める。

「え、ええ～、キ、キス、なんて……っ！」

「……その反応、したわね？」

白雪《しらゆき》は顔を真っ赤にし、背を向けた。

「あ、あの～、す、少しだけというか……思い余って、ほっぺに少しだけと言うか……」

「――っ!?」

俺は驚いて魔子《まこ》の顔を見つめた。

なぜなら、魔子《まこ》がバッグを漁《あさ》るフリをして、布団《ふとん》の下から手を潜り込ませ――俺の手を握ってきたから。

（魔子《まこ》……っ！）

と声を上げたかったが、そんな俺をもてあそぶように、魔子《まこ》は俺の手の皮膚を指先でなぞり、指と指の間に自らの指を滑らせた。

焦《あせ》る俺と対照的に、魔子《まこ》は平然としている。

いや、違うか。むしろ──楽しそうにしている。

「順調じゃない」

「こ、これはね、私が勝手にしちゃっただけで……問題は廻《めぐる》くんが記憶を取り戻すかどうかだから……」

「焦《あせ》りは禁物よ」

「うん、そうだね……」

照れが落ち着いた白雪《しらゆき》が振り返る──その気配をいち早く察知したのは魔子《まこ》だった。

魔子《まこ》は素早く手を布団《ふとん》の下から引き抜くと、何食わぬ顔でバッグから桃色のリップを取り出し、唇に当てた。

「魔子《まこ》」

俺はにらみつけた。当然、先ほどの手を握ってきたことについての怒りを示すためだ。

さっきはいきなりのことで動揺してしまったが、さすがに人前で、しかも恋人である白雪《しらゆき》の前であの行動はあり得ない。

もし『本当の恋人』が魔子《まこ》であるとしても──だ。

「何かしら、メグル」

魔子《まこ》はやや怒気をはらんでにらみ返してきた。

「あの……二人とも、どうしたの？」

不穏な空気を感じ取り、白雪《しらゆき》が俺たちの顔を見比べる。

ふ、と魔子《まこ》が力を抜くと、美しくカールした髪をさらりと撫《な》でた。

「まったく、メグルは器が小さいわね。さっきイチャイチャしていたところを見られて、腹を立ててるのよ」

「え、あ、そういうこと？」

俺と目が合うと、白雪《しらゆき》は再びかぁっと顔を赤らめた。

「まったく怒りたいのはこっちのほうよ。あんなところ見せられたら、恥ずかしいのはこっちなのに。シラユキ、今度はあたしが見てないところでお願いね」

「あはっ、あははは……」

どうやら羞恥の限界が来たらしい。

「あっ、あのっ、今日はもう帰るね！」

白雪《しらゆき》は猛スピードで教科書を鞄《かばん》に押し込み、立ち上がった。

「別にもう少しいればいいじゃない」

「じゃあさっきのこと、いじらない？」

「こんなにいじりがいのあるところを見たら、いじるに決まってるでしょ？」

「うう〜っ！」

白雪《しらゆき》は魔子《まこ》をにらんだが、役者が違うらしい。

あっさり白雪《しらゆき》は敗北した。

「もうっ、魔子《まこ》ちゃんの意地悪〜！」

俺は病室から逃げ出していく白雪《しらゆき》の後ろ姿をぼんやりと見ていたが、

「あ、一つ言い忘れてた」

白雪《しらゆき》は戻ってきて、顔だけスライドドアの隙間から出してきた。

「また明日ね、魔子《まこ》ちゃん、廻《めぐる》くん」

白雪《しらゆき》がニコッと笑う。どうやら怒った言葉で別れたくなかったらしい。

それだけ告げて、白雪《しらゆき》は帰っていった。

病院のドアなので自動的に閉まる。

それを確認した後、魔子《まこ》は振り返り、ベッドの俺を見下ろした。

「あいかわらず可愛《かわい》いわね、シラユキは」

「そう思うならあんなにいじるなよ。可哀《かわい》そうだろ？」

「何を言ってるの。可愛《かわい》いからいじるのよ」

「お前は心に悪魔でも飼ってるのか」

「知っていたと思ったけれど……そう、記憶喪失だものね」

「正確には記憶障害らしいぞ」

「あいかわらず細かい男」

あいかわらず、ということは以前から俺と魔子《まこ》はこんな感じで話していたようだ。

「それよりもさっきのは何だ」

「何だって？」

「白雪《しらゆき》がいるのに、手を握ってきたこと」

「ああ、そのこと」

魔子《まこ》は意味ありげに、桃色に輝く唇を人差し指でなぞった。

「何か問題でも？」

「問題しかないだろ？」

「あたしは『本当の恋人』なのだから、手を握るくらい当たり前だと思うのだけれど？」

「……それって、本当のことなのか？」

のらりくらりとしていた魔子《まこ》から、余裕が消える。

魔子《まこ》はベッドに置いた右手に重心をのせ、顔を近づけてにらんできた。

「どういう意味かしら？」

「そのままの意味だ。魔子《まこ》、お前は本当は恋人じゃないのに、『本当の恋人』と言って俺をからかってるんじゃないのか？」

今のところ、そうとしか考えられなかった。

もちろん白雪《しらゆき》と恋人なのか、という点も嘘《うそ》か本当かも考えた。

ただ白雪《しらゆき》に対してはすぐに結論が出た。

白雪《しらゆき》は嘘《うそ》を言っていない。恋人であることも当然真実、だ。

白雪《しらゆき》は嘘《うそ》をつくのが下手だし、何よりあらゆる言葉、反応――すべてが俺の恋人であることを示していた。

でも魔子《まこ》は違う。今のところ恋人っぽい要素と言えば、いきなりキスをされたことくらいしかない。

「……キスでわからなかったのかしら？」

「お前はからかうのが好きだろ？　肉を切らせて骨を断つ、みたいなことも考えられる」

「あたしの動機は？」

「さあ。それがわからないから、直接嘘《うそ》かどうか聞いてるんだ」

「信じられない。まったくひどい男」

魔子《まこ》はベッドにのせた手を滑らせると、俺の右手に重ね合わせた。

「『本当の恋人』に対してこの言いよう。最低。人の風上にも置けない。クズ。万死に値するわ」

「っ」

魔子《まこ》が俺の右手をつねる。

ただ絶妙なのは、痛みを感じるかどうかぐらいで止めているところだ。

「じゃあメグル、どうするの？　あたしは恋人じゃないから、ただの家族に戻りたいって言いたいわけ？」

「……聞いていたのか」

俺が魔子《まこ》と家族であることを思い出したのは、さっき白雪《しらゆき》との会話で、だ。いきなり家族と言い出すのは、こっそり聞いていた証拠だった。

「どこから？」

「……過去について話し始めた辺りよ」

ということは、ほとんどすべてと考えていいだろう。

魔子《まこ》は痛くならない程度に俺の右手をつねっては止め、また別のところをつねっては止める。

「なら白雪《しらゆき》がどれほど献身的なのか聞いていただろ？」

「ええ」

「魔子《まこ》は白雪《しらゆき》が俺の恋人であることを認めている風だったし、白雪《しらゆき》も魔子《まこ》に恋人であることを隠してなかった。つまり俺と白雪《しらゆき》の仲は、魔子《まこ》公認というわけだ」

「それなのに裏で俺は魔子《まこ》と恋人だった？　そんなことあり得るのか？」

「事実だから、あり得るんじゃないかしら？」

「俺は白雪《しらゆき》がいるところで魔子《まこ》と手を繋《つな》いだことに、今、罪悪感を覚えているんだ。あのときは焦《あせ》って手を払えなかったけど、繋《つな》ぐべきじゃなかった」

「常識で考えれば――そうね」

「常識じゃない理由があるとでも？」

「あるわ。あんたの記憶の中に」

「それは本当か？」

「嘘《うそ》であることを疑う前に、本当だったときの恐ろしさを考えたほうがいいんじゃないかしら？」

　まるで俺をからめとろうとするかのように、魔子《まこ》は俺の指の隙間に指を滑り込ませた。

「『もしあたしが本当の恋人だったら』――シラユキが恋人でありつつも、あたしが本当の恋人であるだけの理由があったことになる。それは今のあんたの常識では考えられないほど、とんでもないことのはず。それほどのことを軽視していいのかしら？」

「っ――」

　それは……確かに。魔子《まこ》の言う通りだ。

「あたしの言葉を無視して、シラユキだけを恋人とするのは簡単よ。ただし、記憶を取り戻した後、強い後悔を覚えるかもしれないわね。それこそ、死にたくなるくらい」

「…………」

こんな三角関係はおかしい。できればすぐに解消してしまいたい。

でも――そう、魔子《まこ》の言うことが本当だとしたら――俺は今、取り返しのつかないことをしようとしてしまっているのかもしれなかった。

「魔子《まこ》は、いいのか？」

「何が？」

「今の俺は、二股をかけてることになってるんだぞ？　お前のほうが嫌がって当然だろう」

「……そうね、そう思っていたんだけど……何だか悪くない気もしてきたわ」

「なぜ？」

「あんたが思い出せば、わかるかも」

一向に進まない会話に、俺は舌打ちした。

「じゃあ魔子《まこ》は、白雪《しらゆき》についてどう思ってるんだ？　親友じゃないのか？」

「シラユキはあたしのたった一人の親友よ」

「罪悪感はないのか？」

「ふふっ、罪悪感」

魔子《まこ》は小馬鹿にするように笑った。

「何がおかしい」

「メグル、あたしは今の状態を肯定しているのよ。あんたにとってはおいしい状態じゃないのかしら？　あたしのような美人と、白雪《しらゆき》みたいな可愛《かわい》い子――両方と付き合えるなんて」

「自分で自分を美人と言うのか」

「事実だわ」

恐ろしいまでの自信。確かに美人に違いないが、ここまではっきり言い切られると皮肉の一つも言ってやりたくなる。

「……とにかく、節度を持って行動してくれ」

俺はため息混じりでそう言った。

「節度って？」

「白雪《しらゆき》のいるところで手を握ってきたりしたことだ」

「ああ」

「今の俺には思い出せない記憶が山のようにある。そうなると、お前の言うことは無視できない」

「へぇ、二股を認める、と。この好色男」

「違う！　わからないから、俺は白雪《しらゆき》とも、魔子《まこ》とも、ちゃんと節度を持って接していきたいってことだ」

「できるの？」

「お前が変なちょっかいをかけて来なければ」

「詭弁《きべん》ね」

「少なくとも努力はする」

「あたしに言うことを聞かせられると思ってる？」

「厳しいと思ってるが、言っておくことは悪いことじゃないはずだ」

「それはそうね」

魔子《まこ》は俺から手を離し、肩をすくめた。

「魔子《まこ》、繰り返しになるがもう一度聞く。どうしてお前は白雪《しらゆき》がいるところで手を握ってきたんだ？」

「面白かったわね、あんたの反応」

「だとしても、リスクが高すぎじゃないか？　お前、俺とお前が『本当の恋人』ってことを、絶対に白雪《しらゆき》に言っちゃダメって言ってきたよな？　口封じしておいて、自らバレるかもしれない行動をしてくる。矛盾してるよな？」

「……表はあの子にあげてるから」

ポツリ、とつぶやかれた一言に、記憶が突如よみがえる。

『表はあの子にあげる。でも――裏はあたしがもらうわ』

音がする。豪雨と猛烈な風の音だ。

俺と魔子《まこ》だけが世界から取り残されたような薄暗い部屋の中で――

血の味が、い、し、た。


「――何を思い出したのかしら？」

ふと我に返ると、魔子《まこ》が挑発的な笑みを浮かべていた。

「当ててあげるわ」

「いや、いい」

頭痛はしない。なのに痛みよりも恐ろしい不安感が俺を襲っていた。

「あ、そ」

興味よりも恐怖が勝った俺は、無理やり話を戻した。

「俺はお前がどこまで本当のことを言ってるかわからない。でも、白雪《しらゆき》のことを親友だと思っている――このことについては本当だと感じたんだ。だから……何であんなことをしたんだ？」

「まったく、これだからあんたは」

魔子《まこ》はなんてつまらないことを聞いてくるんだと言わんばかりに吐き捨てると、バッグを肩にかけて立ち上がった。どうやら帰るらしい。

「ホント、たいした理由じゃないわ」

ハイヒールの音を立て、颯爽《さっそう》と俺の前を通り過ぎていく。

そしてスライドドアを横に引くと、ゆっくりと振り返った。

「――嫉妬よ」

その二　あたしと二人きりって聞いて、よからぬこと考えたでしょ？

＊

一か月ほどの入院生活を経て、俺は退院をすることになった。

季節はすでに梅雨。病院の前を歩く小学生がプール袋を持つようになっていた。

残念ながら記憶はまだ白雪《しらゆき》が語ってくれた範囲しかわかっていない。

しかしすでに左肩の脱臼は治癒し、肉体は健康そのもの。両親の記憶を取り戻した後、精神が安定しているということで、定期検診は必要なものの無事退院が決定したのだ。

俺はそのことを病室にやってきた魔子《まこ》に伝えた。

「――ということで、来週退院だって」

「そう。よかったわ。これでまた心置きなくあんたをこき使えるわね」

「一応病み上がりなんだが？」

「たくさん寝て、元気が有り余ってるでしょ？」

俺は頬をひくつかせた。

あいかわらずいい性格をしている。

「俺って、才川家《さいかわ》に帰ればいいんだよな？」

「ええ」

よしっ、ここまでは想像通り。

俺は両親の事故後、才川家《さいかわ》に引き取られ、その後引っ越しをしていない確証が取れた。

さて、問題はここからだ。

「実は先生から、魔子《まこ》に直接聞くよう言われてることがあるんだ。たぶん大丈夫だろうけど、もし異変があればナースコールを押してくれとも言われてる」

「……ふーん」

それだけつぶやくと、魔子《まこ》はパイプ椅子を引き寄せ、ナースコールを摑《つか》んだ。

「はい、これで準備万端。で？　あたしに聞きたいことって？」

「おじさんとおばさんはどうしてる？」

「…………」

はっきりと思い出せないが、魔子《まこ》の両親は健在だったはずだ。

ということは、俺は魔子《まこ》の両親とも同居していたはず。

「一か月近くも入院していて、一緒に暮らしてる義理の両親が一度も顔を出してないなんておかしいだろ？　お前も意図的に語ろうとしていないように思える」

「…………わかっていたけど、本当に覚えていないのね」

魔子《まこ》は表情を硬くしてそう言った。

感情が読み取れない。

怒り？　悲しみ？　憤《いきどお》り？

顔の筋肉を凍り付かせ、魔子《まこ》は氷の彫像のような美しさをたたえて固まっている。

「……おじさん、い、い、ね」

魔子《まこ》のつぶやきが、俺の脳の奥を刺激する。

おじさん……何だろう、違和感がある。魔子《まこ》の父親は、俺にとって遠縁の親戚のおじさん
……間違っていないのに……何かが……。

ズクンッ、と鈍い痛みを感じた。

ただそれを感じ取られると、ナースコールを押されてしまう。

だから俺は表情を殺し、深く深呼吸することで静かに痛みに耐えた。

「おじさんの仕事ってなんだったっけ？」

ヒントが欲しい。なんでもいい、この違和感の正体を掴《つか》むための手掛かりが。

「立派なものよ」

あいかわらず魔子《まこ》は非協力的だ。質問に対して物凄《ものすご》く抽象的な内容で返してきた。

ただそれが呼び水となったのか、ふっ、と。

『——はっはっは！　おれは議員だからね。身辺に注意しているだけさ』

天から落ちてくるように、張りのある中年男性の声が耳元で再生された。

「……そうだ、議員だ」

俺はようやく目の前に降りてきた記憶のロープを必死に摑《つか》み取った。

「そうだ、おじさんは県会議員で……裕福だから俺を引き取ってくれた……そうだよな？」

「そういえばそうだったわね」

せっかく俺の記憶がよみがえったというのに、魔子《まこ》は他人事《ひとごと》のように言う。

「今も議員をやってるのか？」

「……やってないわ。遠くにいるの」

「遠く？」

「ええ、遠くよ」

それって子供に語るときは大抵——

「亡《な》くなった、ということか？」

「違うわ」

「本当に？」

「ええ。でも簡単に顔を見ることはできないわ」

どこでも携帯が通じる現代、顔を見られないなんてよほどの秘境でもない限りあり得ない。

何だろう。とても怖い。嫌な予感がする。頭が警鐘を鳴らしている。


『──君たちのお父さん……県会議員才川達郎《さいかわたつろう》は××××』


壊れかけのテレビみたいに、ノイズの混じった映像が一瞬流れる。

なぜだか全身から冷や汗が噴き出した。

ダメだ。これ以上突っ込んではいけない。心が拒絶している。

「はっ……はっ……」

「メグル？」

魔子《まこ》の手にあるナースコールが目の端に映る。

それで俺は理性を取り戻した。

(っ！　今ここで取り乱したら、せっかく退院が決まったのに、取りやめになってしまうかもしれない)

白雪《しらゆき》が毎日のように来てくれるのは嬉《うれ》しいが、負担をかけるのは嫌だし、勉強が遅れていってることも心配だった。

俺は深呼吸をし、動悸《どうき》を抑え込んだ。

（この記憶は焦《あせ》らず探っていこう……）

そう決め、会話の矛先を変えた。

「おばさんは？」

「……入院中」

「病気か……？」

「病気と言えば病気ね。心のほうだけど」

「…………」

以前のことを覚えていないから、それ以上口にしづらい。

確か魔子《まこ》に似て、とても美人で気が強かった——ような気がする。

心の病気の理由は気になるが、今おじさんの記憶で動悸《どうき》がおかしくなったばかりだ。今は深く考えずそのまま受け止めるだけに留《とど》めることにしよう。

「ま、というわけで、家にはあたしとあんたの二人だけってわけ」

「なるほど」

そうなると、家事はどうしていたのだろうか。魔子《まこ》がモデルをやっているとなると、俺がやっていたと考えるのが自然か？

俺が黙って思考していると、突如魔子《まこ》は『あっ』とつぶやいて自分の身体《からだ》を抱きしめた。

「あんた、あたしと二人きりって聞いて、よからぬこと考えたでしょ？」

「は？」

何を言っているんだ、こいつは。

「記憶がないから、あたしといきなり同居するような感覚になるのよね。美人なあたしと同じ家で二人きりと聞いて、欲情を抱くのは理解するわ。だとしても身の程をわきまえなさい」

魔子《まこ》が頬をほんのり赤らめ、ウェーブした髪を撫《な》でまわす。

本当にこいつは、何を言っているのだろうか。

「いや、まったくそんなこと考えてないから」

「……隠さなくていいわ。わかってるから」

「本気で微塵《みじん》も考えていないんだが」

「……本当に？」

「ああ。むしろお前と二人で同じ家にいて、会話が続くかのほうを心配してる」

「…………」

「…………」

「……本当に？」

「ああ」

正直なところ、家で小うるさく絡《から》まれ、こき使われるところしか想像ができない。

魔子《まこ》は俺のことを『本当の恋人』と言うが、そもそも魔子《まこ》自身が恋人っぽい空気を出さないから、色っぽいムードになるなんて予想ができなかった。

「っ！」

魔子《まこ》はゆらりと怒りの湯気を頭から出すと、ベッドの脚を蹴飛ばした。

「ふんっ、あんたなんて知らない！」

そう吐き捨て、魔子《まこ》は去っていった。

（魔子《まこ》は見た目こそ美人で年齢よりも大人びて見えるけど、結構子供っぽいところがあるんだよな……）

腹を立てて罵倒して去るとか、『バーカ』と言って逃げる小学生と同レベルだ。

そんな魔子《まこ》と二人、同じ家で暮らすのはちょっと思いやられる。

ため息をついていると、入れ替わりに先生が入ってきた。

「さっき魔子《まこ》さんとすれ違ったら随分ご立腹だったけど、何かあったのかい？」

「ええ、まあちょっと気分を損ねちゃったみたいで……というか、『魔子《まこ》さん』って？　先生って魔子《まこ》のこと、そんな風に呼んでましたっけ？」

この前は妹さんって呼んでた気がするんだが。

「ああ、実はね――」

先生は白衣のポケットからスマホを取り出すと、電子書籍のアプリを立ち上げた。

「じゃ〜ん！　彼女がモデルって聞いて雑誌を購入してみたんだけど、ファンになってしまったんだ！」

「先生……」

俺が白い目で見つめると、先生はボサボサ髪を振り乱し、自信満々に言った。

「安心して欲しい。僕には愛する妻も娘もいる。だが美しいものは美しい。それだけなんだ」

「まあ、文句を言うつもりはありませんが」

とはいえ電子書籍で購入したってことは、なるべく購入したことを妻や娘にバレたくないっていう、後ろめたい気持ちがあったのでは？

「凄《すご》いよね、彼女。相反するものがこんなに同居している雰囲気の子、見たことがない」

「はぁ……」

「大人っぽい顔立ちなのに子供っぽさもあるし、あれほど輝いているのに闇が垣間《かいま》見《み》える。気が強そうかと思えば壊れてしまいそうな繊細さも併せ持っている。いやはや、雑誌でも人気ナンバーワンなだけのことはあるよ」

「あの、何が言いたいんですか？」

「今度サインをもらっておいて欲しいんだ」

先生は色紙と黒ペンを差し出してきた。

この先生、凄《すご》く親身になってくれていい人だと思うんだけど、どうにも締まらないところがあるんだよな……。

「……わかりました。先生にはお世話になっていますし、俺から頼んでみます」

「頼むよ！」

「あいつは気分屋なんで、ダメなら諦めてくださいね」

「もちろんさ」

こんなに生き生きとした先生を見るのは初めてだ。いつもは覇気がなく、優しいけれどちょっとぼんやりとした感じだから。

俺は色紙と黒ペンを受け取って棚の上に置こうとしたところ、先生がつぶやいた。

「深い部分はわからないけど、魔子《まこ》さんはいろいろ背負うものがあるみたいだ」

「先生……？」

「たぶん君は、それを支えてあげられる、数少ない人間だと思う」

「そう……なのでしょうか……？」

魔子《まこ》との会話は、半分くらい緩い喧嘩《けんか》をしている感じだ。白雪《しらゆき》とはあれほど穏やかに話せるというのに、魔子《まこ》とはどうしてもとげとげしくなってしまう。

「おじさんとおばさんのことを、魔子《まこ》に尋ねるよう言ったことと関係してるんですか？」

「その前に教えて欲しい。魔子《まこ》さんからどういう回答が返ってきて、君の体調はどうだったんだい？」

俺が先ほど魔子《まこ》から聞いたことを端的に告げると、先生はふむとつぶやいて腕を組んだ。

「なるほど、まあ現状じゃそのくらいだろうね」

気になる口ぶりだ。

まだ入り口にたどり着いたばかり——そんなことを暗示させる表現だ。

「現在、君と魔子《まこ》さんは、義理の兄妹《きょうだい》でありながら、ほとんど大人の力を借りずに二人で生きているという、特殊な状況だ」

「……みたい、ですね」

「もちろんそんなことになってしまうには、ちゃんとした事情があるし、それを僕は魔子《まこ》さんから聞いている。でもね、そこに至るまでの君や魔子さんの気持ちまではわからない」

「意味がイマイチつかめないのですが……」

「今はそれでいいよ。単純にね、僕にはうかがい知れない、君たちだけで大切にしたほうがいい部分があるだろうと思ったんだ。だから君の義理の両親のことは、魔子《まこ》さんに聞くようにしたんだ」

あとお節介かもしれないけどね——と先生は続けた。

「君は鈍いし、魔子《まこ》さんは素直じゃないから伝わってないと思うけど、魔子《まこ》さんは君の恋人に負けず劣らず君を心配しているよ」

「そう……なんですか？」

「君が思っているより魔子《まこ》さんは病院へ来ている。僕から話だけ聞いて、君の部屋に寄らずに帰ることも結構あるんだ。君の恋人に気を使ってるんだろうね。君の病状について聞くときの勢いは、君の彼女にも勝るものだった」

「それは……知りませんでした」

そう聞いても、すんなりと腑《ふ》に落ちない。

魔子《まこ》が素直じゃなく意地っ張りであることはわかるが、自分に対して一生懸命になってくれている映像が思い浮かばなかった。

「君は不運にも記憶障害を起こしているが、親身になってくれる可憐《かれん》な恋人と、好意の出し方が不器用な義理の妹がいる。これはとても幸運なことだよ」

「……はい」

「君はあんな少女たちに愛されているんだから、大丈夫。必ず記憶は戻るよ」

「……ありがとうございます」

俺は深々と頭を下げた。

「正直なところ、羨ましいよね。あんなに可愛《かわい》い女の子二人に囲まれる高校生活、僕も送りたかったな」

「は、はぁ……」

先生は早口になってまくしたてた。

「僕は父親が医者だから自分も医者にならなきゃと思っていたんだけど、高校は勉強漬けの毎日さ。男子校だったし、三年間で女の子と話したのは店員さんくらいでね。もう完全に暗黒時代だよ。大学や社会人になってからも勉強や研究で暇もなく、僕程度の容姿じゃモテるわけじゃないから、これまた――」

「あ、あの、先生……」

ヤバい。完全に愚痴だ、これ。

「先生の言う通り、退院してからも白雪《しらゆき》と魔子《まこ》には深く感謝しながら暮らしていきたいと思います」

強制的に話をまとめる。

すると先生はうんうんと頷《うなず》いた。

「いいことだ。僕も力になるから、定期検診は必ず来てね」

「はい、そのときはよろしくお願いします」

先生は満足げに笑った。

「あとサインよろしく。ホントマジでお願いします」

「……わかってます」

いい人なのに、なぜ自分から台無しにしようとしてしまうのだろうか。

そんな残念なところのある先生が、俺は嫌いじゃなかった。

＊

病院を出ると、海の匂いがした。

歩いて帰ることもできる距離と魔子《まこ》は言うが、さすがに長期入院生活でたまったものが旅行バッグに満載となっている。そのためタクシーに乗り込んだ。

最初は首都高湾岸線沿いを走っていたが、一本中に入っただけで一気に住宅街の雰囲気になる。みなとみらい線元町・中華街駅のほうへ向けて走り、途中で小道に入った先でタクシーは止まった。

（そうだ、海から近い豪邸だった……）

俺はタクシーを降り、才川《さいかわ》家を見上げた。

黒を基調としたモダンな造りの二階建て。ざっと見て七、八十坪はあるか。レンガの壁と強固な門構えが印象的で、家の中がまるで見えない。扉の上には監視カメラがしっかりと設置され、小さな要塞みたいな印象がある。

（この家に初めて連れてこられたとき、海の近くってことがわかって、怖くなったたっけ……）

俺は海のない県で生まれた。そして海への家族旅行の帰り道、家族を全員失った。

なのに連れてこられた先は、海からすぐ近くの家――

皮肉としか思えなかった。
でも……そう、それでも。
この立派な豪邸を見た瞬間、暗い感情は吹き飛び、今みたいに圧倒された。
『……大きい』
『はっはっは！　おれは議員だからね。身辺に注意しているだけさ』
そうだ。当時、俺をここへ連れて来た魔子《まこ》の父親はそう言ったんだ。
「なにボーっとしてるのよ」
魔子《まこ》は持っているリモコンで門を開け、さっさと入っていく。
手際《てぎわ》よくポストにささった郵便物をまとめてさらい、用意していた紙袋へ。
だがその中から一枚、紙が滑り落ちた。
「ん？」
拾ってみると、表にこう書き殴ってあった。
——恩知らず。

それだけで十分におどろおどろしいが、『恩知らず』とはまた強烈な言葉だ。

脅迫めいた筆致。

不意打ちの悪意に、俺はビクッと身体《からだ》を震わせた。

魔子《まこ》は俺が見ていた紙を奪い取ると、くしゃくしゃに握りつぶして紙袋に放り込んだ。

「っ！」

「魔子《まこ》、今のは……」

「……別に。あたしが美人なことへの嫉妬よ」

「それだと恩知らずって言葉と繋《つな》がらないんだが」

「ほんっっと細かいんだから。覚えてないんならどうでもいいじゃない。ほら、門を閉めるわよ」

「…………」

気にはなったが、機嫌が悪くなった魔子《まこ》を問い詰めても答えないことは、一か月の入院生活で学んでいた。

（それよりも、家の記憶を取り戻すことのほうが大切か……）

俺は中庭を見た。

不思議な気持ちだった。覚えていないのに、リビングと繋《つな》がる中庭の芝生も、見事なキンモクセイの木も、どこか懐《なつ》かしい。

家の中に入る。俺は玄関ホールで立ち止まった。

半円を描く階段が伸びていて、二階に繋《つな》がっている。床は濃灰色のタイルで、全体的にシックなデザインだ。

ただ、どことなく空間が気になる。

「魔子《まこ》、玄関ホールって、色々飾ってなかったか？」

花とか、絵画とか、壺《つぼ》とか。おばさんがそういうものを飾るのが好きだったような……。今はそれらが飾られていたであろうスペースに何もなく、埃《ほこり》がたまっている。

「売ったわ」

「は？」

魔子《まこ》は何でもないかのように言ったが、冷静に考えればとんでもない内容だ。

「ちょっと待ってくれ……。たぶんそんなことおばさんが許さないだろうし……あ、いや、おばさんは心の病で入院中だったな……。でも帰ってきたときに何もなかったら当然ショックを受けるだろ……って、いや、それも違うのか……」

ズクンッと脳の奥がうずく。

しかし記憶にあるイメージとの差のほうが気になり、俺は額に手を当てて思考を進めた。

「おばさんは帰ってこない……？　っ、何か違う。近いがニュアンスが……。そもそも物を売るってことは……もしかして金銭面の問題か……？」

俺の様子を冷めた表情で見つめていた魔子《まこ》が口を開いた。

「その辺の話も含めて、家のルールの確認をしたほうが良さそうね。ま、その前に部屋に荷物を置いてきなさい。あんた、自分の部屋、覚えてる？」

俺は無意識に二階を見上げた。

「……たぶん」

「あ、そ。じゃあこれ、あんたの部屋の鍵」

「おっと」

魔子《まこ》が鍵を投げてきたので、慌てて俺はキャッチした。そのまま魔子《まこ》は背を向けてしまう。

「ん？　お前はどこへ行くんだ？」

確か魔子《まこ》の部屋は俺の隣だった気がするんだが……。

振り返った魔子《まこ》は、真っ赤になって眉尻を上げた。

「お手洗いよ！　このバカ！」

そういえば魔子《まこ》の向かった方向にあるのはトイレだったな……。

俺は今後の生活が思いやられ、ため息をついた。

＊

自室に荷物を置き、本棚にある本や引き出しの中身を確認していると、魔子《まこ》が部屋のドアをノックした。

「メグル、家のルールを確認するわよ。リビングに来て」

「お腹《なか》の調子は大丈夫なのか？」

「ぶち殺すわよ！」

普通に心配して聞いたのだが、どうやらお嬢様はお気に召さなかったらしい。

俺は本の背表紙にかけた手を止め、魔子《まこ》について一階のリビングに移動した。

二十畳はあろう豪華なリビングダイニング。

ただし八人掛けのダイニングテーブルが目立つだけで、やはり空間が多い。リビングには特に植物が多くあった気がするが、今は何もないだけに殺風景さが気になる。

「座りなさいよ」

魔子《まこ》は冷蔵庫を開けると、五百ミリリットルのペットボトルの水を二つ取り出した。冷蔵庫はペットボトルの水はいっぱいあるが、その他は多少の調味料類があるだけで閑散としている。

「ああ」

俺が椅子に座ると、魔子《まこ》は俺の向かいに座ってペットボトルを置いた。

「まず、スマホを渡しておくわ。あたしの番号は登録してあるから」

「ああ、ありがと……って、なんで新品なんだ？」

「事故で壊れたからに決まってるじゃない」

「そうか。中に入ってたデータは？」

「ダメだったわ」

スマホに入っていた写真や音楽、履歴などを見れば、記憶を取り戻すヒントになったと思うのだが……残念だ。

「いい？」

魔子《まこ》はスマホを人差し指で差した。

「あたしからのコールは三回以内に取ること。あとメールは五分以内に返信すること。絶対だから」

なんてわがままなお嬢様ぶりなのだろうか……。

手元に引き寄せたスマホが、俺と魔子《まこ》を繋《つな》ぐ鎖に見えてしまいそうだ。

「はぁ……まあ、できたらな。それより人差し指で物を差すのはよくないぞ」

「……嫌だわ。お小言であんたが帰ってきたことを実感するなんて、あたしも落ちたものね」

「俺もお前の皮肉を聞いて、同じようなやり取りを何度もしてたのを思い出してきた」

ぼんやりと浮かぶ。この椅子に座り、向かいの魔子《まこ》の悪態にツッコんでいる自分が。

まだはっきりと思い出せないが、ここは間違いなく俺の暮らす家なのだ。

俺がスマホをズボンのポケットに入れると、魔子《まこ》が肘をついた。

「で、家のルールなんだけど」

「ああ。どんなのがあったっけ？」

「家事は今日からやってよね」

「は？」

「とりあえず夕食は緑黄色野菜をたっぷり取り入れた献立で。あんたが入院していたせいで栄養バランスが悪くなったのか、肌が荒れがちなの。もし読者から苦情が来たらあんたのせいだから」

「おい」

「以前言ったように、最低三品ね。あ、忘れてるだろうから言っておくけど、小魚とわかめ入れたら殺すから。もし小骨があたしの喉に刺さるようなことがあれば、冗談抜きで針を飲ませてあげ――」

「――ストップ」

俺は慌てて止めた。そうしなければ無限にわがままが出てきそうだったから。

魔子《まこ》は眉に皺《しわ》を寄せた。

「何よ。文句あるの？」

「文句があるのは当然だが……そもそも記憶障害の前の俺はそれをやっていたのか？」

「ええ。家事全般と、あたしのモデル業のマネージャー。これがあんたの仕事よ」

「それってさすがに負担の割合が違いすぎないか？」

学校に行きつつ、それだけのことをこなすのは相当大変だ。

「どこが？　あんたがモデルでも何でもいいけれど、あたし以上の金額が稼げるなら代わってあげるわよ」

「そんなこと──」

できるわけがない。

「そもそもこの役割分担は、あんたから言い出したことよ。覚えてない？」

役割分担……俺が言った……？

ズクンッ、と脳の奥を鈍痛が襲った。

ズクンッ、ズクンッ、と鈍痛のリズムは加速し、その分記憶の蓋が開いていく。

……あれ、確か……そう、同じ場所だ。

あのとき俺と魔子《まこ》は、同じ席で向かい合っていた。

『魔子《まこ》、お前はモデルに専念しろ。後のことは全部俺がやる。それが一番効率がいい』

『……でもそうなると、あんたにはほとんど自分の時間がなくなるわよ。例えば恋人でもできたらどうするの？』

『恋人？　あり得ないな。こ、こんなことになって、恋人なんてできるわけないだろ』

『……そうね』

「はっ……はっ……」

俺は動悸《どうき》を抑えつつ、ゆっくりと浮かんだイメージを反芻《はんすう》した。

記憶の魔子《まこ》は、今の姿に近い。たぶんここ一年以内の出来事だ。そしてセリフの内容から考えるなら、『俺が白雪《しらゆき》と恋人関係になる前』ということになる。

「何か思い出したようね」

俺が汗を拭く姿を見て、魔子《まこ》がつぶやいた。

「……確かに俺から言ったみたいだな」

「他に思い出したことは？」

「こんなことになって、恋人なんかできるわけないって、俺自身が言ってた。『こんなこと』の意味は思い出せないが」

「……そう」

魔子《まこ》は胸元に流れ落ちる髪から埃《ほこり》をつまみ取り、息を吹きかけて飛ばした。

「そんなこと言ってたくせに、俺、白雪《しらゆき》と付き合ってるんだな」

「そうね」

「どうしてだ？」

「……何となくわかってきたんだけど、あんた、あっさり思い出せる部分と思い出せない部分があるわよね」

「ああ」

「すぐに思い出せないってことは、きっとまだ時期が来ていないってことなのよ」

「そんなこと、あるのか？」

「さあ。でも何となく意味はわかるわ」

「どういうことだ？」

「心の準備ができていないってことよ」

穏当ではない言葉に、背筋がひやりとする。

「心をえぐった記憶ほど、無意識に遠ざけているんでしょうね」

冷や汗が流れた。

怖い。記憶がないことも、記憶を思い出すことも。

「……逆を言えば、俺は心をえぐるような出来事を経験しているってことか？」

「さあ？　あたしはあんたじゃないから、心をえぐったかどうかまでは知ったことじゃないわ」

「それは……そうだな」

いつもは厄介な魔子《まこ》の皮肉だが、今ばかりは助けられた。恐怖に取りつかれそうになった俺を現実世界に引き戻してくれた。

気持ちを切り替えるため、俺は行動することにした。

「飯を作らなきゃいけないなら、とりあえずスーパーに行ってくる。ちょっとこの辺を歩いてみたいし、普段やってたことをしたほうが思い出せそうだ」

「……ま、それが妥当ね」

魔子《まこ》はしなやかな腕を天井に向けて伸ばした。

「ん～、じゃああたしは久しぶりに横浜まで足を延ばして、エステとショッピングをしてこようかしら。せっかく今日学校を休んだんだし」

「お嬢様は贅沢《ぜいたく》なことで」

「あたしにとってエステとショッピングは仕事道具の整備と同じよ。自分で稼いだお金で行ってるのに文句あるの？」

「おじさんからお小遣いは貰《もら》えないのか？」

「……おじさん、か」

意味ありげにつぶやき、それ以上は言わない。

ふと魔子《まこ》は思い出したかのようにバッグから財布を取り出し、俺に渡してきた。

「これ、あんたの財布」

「ああ、ありがと」

「○×銀行のカードの暗証番号は８００８。数字が全部ぐるぐるめぐってるでしょ？」

「え、俺の名前が廻《めぐる》だからか？」

ひどいシャレだ。

「文句言わないの。そのカードはあたしとあんたの生活に使ってる共用カードだから、生活費はそっちから出して。もう一枚の△□銀行のほうはあんたの個人口座。そっちは暗証番号知らないから」

「共用……？」

「そ。あたしのモデルの収入から毎月十万円振り込んでる。足りない場合は応相談よ」

「ちょっと待ってくれ。生活費、全部お前が稼いでるのか？」

「ええ」

あいかわらず魔子《まこ》は軽く言うが、尋常なことじゃない。

高校生が学校に行きながら生活費を稼いでる？

おかしい。おかしすぎる。

「……おじさんは遠くにいると言ってたな？」

「ええ」

「でも仕事をしているわけじゃない、と？」

「そうね」

おじさんは亡《な》くなってないと言っていた。なのに仕事じゃないとなると、海外のへき地へ赴任しているとか、そういうわけでもないようだ。

「おじさんはどんな状況なんだ？」

「自分で思い出しなさい」

ぴしゃり、と突っぱねられた。

俺は軽くにらみつけたが、魔子《まこ》は何よと言わんばかりの表情だ。

魔子《まこ》に真実を吐かせられる気がしなかった俺は、矛先を変えた。

「俺の記憶に比べて、家に物がないのはお金がないから売ったってことか？」

「一時的にお金が必要になったのは確かね。理由はそれだけじゃないけど」

「どういうことだ……？」

「ま、現在借金があるわけじゃないわ。ただ収入源はあたしだけだし、この家の維持費だってそれなりにかかる。で、効率よくやっていくには役割分担が必要ってわけ。アンダスタン？」

俺が引き取られた際、おじさんは議員で家庭は裕福——そんな環境だったはずだ。

何かが……いや、あらゆるものがおかしい……。いるべき人、あるべきものがあまりにもなくなっている……。

たった五年しか経《た》っていないはずだ。なのに当時からは考えられない状態になっている。

しかし——思い出せない。

それは魔子《まこ》の言う『心をえぐるような記憶』であるためなのだろうか……？

魔子《まこ》は立ち上がり、引き出しの一つを開けた。

「自転車の鍵はここよ」

「あ、ああ」

「じゃあ準備を整えてくるから、待ってなさい。元町・中華街駅まで運転頼むわよ」

「は？」

俺は目を細めた。

「ニケツしろと？」

「他の意味に取れる？」

「俺、今日退院したんだが」

「健康になったから退院したんでしょ？」

「……モデルがニケツって似合わないだろ？」

「あたしほどのモデルならどんなポーズでも絵になるものよ」

「道路交通法違反については？」

「本当に細かい男ね。あたしが違反を見つかるような人間に見える？」

……まあ魔子《まこ》なら、警察が通りかかった瞬間、見つかる前に自転車から降りるぐらいの観察眼と勘の良さを持ち合わせているだろう。そしてもし俺が呼び止められたとしても、自分は関係ないとばかりにさっさと歩き去ってしまうに違いない。

「俺、いつもお前の兄貴分として苦労していたこと、思い出してきた……」

「忘れているようだから言ってあげる。もし兄貴風吹かしてきたら、ハイヒールで蹴飛ばしてやるんだから！」

魔子《まこ》は鼻を高々と掲げてわがままお嬢様ぶりを見せつけるが、妹みたいなものだと考えるとどこか可愛《かわい》げがあり、子供っぽく見えるから不思議なものだ。

俺は額に手を当て、頷《うなず》いた。

「覚えておく」

＊

退院の翌日、俺は久しぶりの制服に袖を通していた。

約一か月ぶりの登校、まだ記憶障害が完全に治っていないこともあり、恋人である白雪《しらゆき》が迎えにやってきてくれた。そして魔子《まこ》を含めて三人で登校した。

「靴箱の位置、覚えてる？」

「ああ」

電車の中でも白雪《しらゆき》は細々と気遣ってくれて、あいかわらず甲斐甲斐《かいがい》しく俺を手助けしようとしてくれる。

一方、魔子《まこ》は冷めた感じだ。一歩引いたところから俺と白雪《しらゆき》の様子を見ていて、時折突っ込んでくる程度だった。

「じゃ、あたしのクラスはこっちだから」

校舎に入っても冷淡な様子は変わらず、魔子《まこ》と廊下で別れた。

俺は白雪《しらゆき》に尋ねた。

「あいつ、機嫌が悪いのか？」

「朝はいつもあんな感じなことが多いよ」

「……そうか。言われてみればそうだったような……」

魔子《まこ》は低血圧で、朝が弱かった気がする。

「それとね、たぶん廻《めぐる》くんは忘れてると思うんだけど、魔子《まこ》ちゃんが積極的にからかってきたりするのって、私や廻《めぐる》くんくらいだから」

「……そうなのか？」

「魔子《まこ》ちゃんは基本クールなの。カッコいいよね！」

白雪《しらゆき》が目を輝かせる。

俺は素直に同意できなかったが、

「思っていた以上に、注目されているんだな」

と、ぼかした感じで返した。

これは登校中、ずっと視線やヒソヒソ話にさらされたせいでもある。

駅で電車を待っているときも、電車で会話しているときも、降りて学校に着くまでも、男女問わず魔子《まこ》は注目されていた。

「魔子《まこ》ちゃんはいつも大注目だけど、それに加えて今日は久しぶりに廻《めぐる》くんもいたしね」

「俺？」

「魔子《まこ》ちゃんほどじゃないかもしれないけど、学内では廻《めぐる》くんも有名人だよ。魔子《まこ》ちゃんと親戚で、同居していて、マネージャーで、それでいて、そ、その、い、イケメンだし……」

顔が赤くなるのに反比例して声は段々と萎《しぼ》んでいき、最後はまともに聞こえない程度になっていた。

「……いや、その、ありがとう」

イケメンと言われても正直まったく自覚はないし、恋人の欲目だと思うが、褒めてくれたのだ。素直に礼を言うべきだろう。

「まったくあんたたちは、廊下でイチャイチャと……」

背後から声がかかり、俺と白雪《しらゆき》は立ち止まって振り返った。

「立夏《りっか》ちゃん！」

「はぁ、朝から元気だよね、白雪《しらゆき》は」

立夏《りっか》と呼ばれた少女は半ば呆《あき》れつつ、メガネの位置を直した。

ただ、その眼差《まなざ》しは優しい。

特徴的なのはメガネと両肩に垂れ下がっている三つ編みのおさげ。背丈は白雪《しらゆき》とほぼ同じ程度の小柄な少女だが、ぽやんとしている白雪《しらゆき》に対し、委員長的な鋭さを持っている。

「や、久しぶり、湖西《こさい》。思ったより元気みたいだね」

「えーと……」

顔や口調に覚えがある。

俺は彼女をどう呼んでいただろうか——

「管藤《かんとう》か」

「おっ、覚えてたか。白雪《しらゆき》から記憶障害があるって聞いてたから、忘れられてるかなって思ってたんだよね」

「管藤《かんとう》は印象深いほうだと思うぞ。メガネや髪型も特徴的だし……あと何より、白雪《しらゆき》と仲がいいもんな」

「覚えていたことは褒めてあげるけど、彼氏と言っても白雪《しらゆき》は渡さんぞ～」

管藤《かんとう》は白雪《しらゆき》をぎゅっと抱きしめた。

「り、立夏《りっか》ちゃん、恥ずかしいよ……」

「あ～、やっぱり白雪《しらゆき》は可愛《かわい》いな！　どうだ、湖西《こさい》。羨ましいだろう？」

「いや、別に」

俺は二人を置いて教室に入った。

始業前までに自分の席を確かめ、そこから見える光景で記憶を掘り起こしておきたい。

「むっ、あいかわらずつれないやつめ！」

「あはは……」

そんなセリフを背中で聞きつつ、俺は感覚に任せて歩みを進めた。

一番後ろの、窓から二列目——たぶん俺の席はここだ。

振り返ってみると、白雪《しらゆき》が頷《うなず》いた。席はそこで大丈夫だよ、という意味の頷《うなず》きだろう。

俺は安心し、鞄《かばん》を机に置いた。

「お、執事様の久しぶりの登校だな」

左隣の席から、髪が左右に跳ねた男子生徒が声をかけてくる。

「ん、それは俺のことか？」

「うはっ、ホントに忘れてるし。ボケてるのにお前がツッコまないとか、あり得ないだろ。丹《たん》沢《ざわ》ちゃんから事前に言われてなきゃショックで寝込むところだったぜ」

この軽口……覚えがあるが……。

「おいおい～、さっき立夏《りっか》のことはすぐに思い出してたじゃねぇか～。何であいつをすぐに思い出して、おれを忘れてるんだよ～」

俺は目を閉じて考えた。

「――ダメだ、思い出せないな」

「おい！　おれだって！　彦田仁太郎《ひこたじんたろう》！」

「彦田仁太郎《ひこたじんたろう》……？　聞いたことがない名前だ」

「ちょっと待て！　ひどすぎだろ！」

「ふっ」

俺は噴き出してしまった。

我慢していたが、そろそろ限界だ。

「はぁ？　どういうことだ？」

混乱する仁太郎《じんたろう》に管藤《かんとう》がツッコんだ。

「ジンタ、からかわれてたの、まだ気がつかないの？　湖西《こさい》……あんた、ジンタが名前を言う前に思い出してたでしょ？」

鞄《かばん》を席に置き終えたのだろう。手ぶらの白雪《しらゆき》も管藤《かんとう》の横に並んだ。

「よくわかったな、管藤《かんとう》」

「目をつぶった辺りから怪しいなって」

「いい勘してる」

「ちょ！　勘弁してくれよ、廻《めぐる》～！」

情けない声を上げる仁太郎《じんたろう》に、俺は肩をすくめてみせた。

「お前がいきなり『執事様』とか嫌味を言ってくるから、ちょっとやり返そうと思ってな」

「それはさ、お前の記憶がどこまであるかわかんなかったからだって〜。思い出してなさそうな知識からぶつけたほうがいいかなって思ったんだよ〜」

「普通は思い出していそうな知識から入るのが当然でしょ。このバカジンタ」

「うるせぇ！」

管藤《かんとう》と仁太郎《じんたろう》は互いの呼び方を聞いただけで親しさが感じられる。

普通のクラスメート同士なら、互いに名前やあだ名で呼んだりしない。

恋人？　いや、違うな。なんだっただろうか。

「……白雪《しらゆき》。ちょっと教えて欲しいんだが」

「何？」

俺が小声で尋ねると、白雪《しらゆき》は言い争う管藤《かんとう》と仁太郎《じんたろう》を横目に近づいてきた。

「二人って、どんな関係だったっけ？」

「立夏《りっか》ちゃん曰《いわ》く『家が近所の腐れ縁』だって」

白雪《しらゆき》は腰に手を当てつつ、メガネの位置を直す素振りをする。管藤《かんとう》の真似《まね》なのだろう。

「仲がいいよね。元々は高校に入ってから廻《めぐる》くんが彦田《ひこた》くんと仲良くなって、私も二人に交じって話していたら、立夏《りっか》ちゃんも入ってきて。それで私と立夏《りっか》ちゃんは仲良くなったの」

一度思い出してみれば、何でこんな当たり前のことを覚えていなかったのだろうと思う。

高校に入学し、隣の席の仁太郎《じんたろう》と話すようになり、友達となった。

魔子《まこ》とはクラスが離れてしまったが、白雪《しらゆき》とは同じクラスになれたおかげでよく一緒にいるようになり、そこへ管藤《かんとう》も入るようになったのだ。

「だいたい思い出してきた。でも仁太郎《じんたろう》が言った『執事』って何の意味だ？」

「廻《めぐる》くんはね、魔子《まこ》ちゃんの執事みたいって結構言われてるの。悪口ってわけじゃなくて、なんていうか、みんなのイメージ的な感じで」

「執事のイメージ？　学校だぞ？　よくわからないんだが……」

「魔子《まこ》ちゃんは美人でモデルで成績までいいのに、クラスでいつも一人でいるんだよね。そんな孤高でお姫様みたいな魔子《まこ》ちゃんに、廻《めぐる》くんはマネージャーっていうのもあって、だいたい横にいるから」

「ああ……わがままお姫様の世話をしてるから……」

馬鹿らしい表現だと思っていたのに、ちょっと納得できてしまった。

「魔子《まこ》様のお世話ができるなんて羨ましいぞ！」

仁太郎《じんたろう》が俺の肩を摑《つか》んで揺らしてきた。

「魔子《まこ》様って何だ？」

「いやだって、魔子《まこ》様って事実上芸能人みたいなものだろ？　こんな進学校にいる人じゃねぇじゃん？　だから『さん』づけすらちょっとためらわれるっていうかさ」

「そうなのか？」

まったく同調できない。同じ学校で同じ学年なんだから、様づけなんて必要ないだろう。

ただこういう軽い感じが仁太郎《じんたろう》だったな、と思い出してきていた。

「おれも魔子《まこ》様のお世話がしたい！　少しでいいからおれにもやらせてくれ！」

「個人的にはむしろ俺の代わりに世話をしてくれって頼みたいくらいなんだが……何かやらせられない事情があったような……」

白雪《しらゆき》が苦笑いをした。

「それ、魔子《まこ》ちゃんが『絶対に嫌』って言ったことがあって」

「ああ……」

思い出していないのに、その姿が目に浮かぶようだ。

横を見ると、管藤《かんとう》がため息をついていた。

まったくバカの相手は疲れる、と言わんばかりだ。

しかし、なぜだろうか。

次の瞬間、管藤《かんとう》は地面を見つめて奥歯を噛《か》みしめた。

「っ⁉」

表情を見られていたことに気がついたらしい。

管藤《かんとう》がすぐにばつの悪そうな笑みを返してくる。

俺はその表情の意味を完全には理解できなかった。

＊

チャイムが校内に鳴り響く。生徒たちは授業から解放された喜びに声を上げ、背を伸ばしたり鞄《かばん》に教科書を詰めたりと、思い思いの行動を始める。

「廻《めぐる》くん、久しぶりの学校、どうだった？」

白雪《しらゆき》が俺の席に近づき、話しかけてきた。

「とりあえず勉強がついていけそうで安心してる。病院でちゃんと予習復習をやった成果が出たかな」

「うぅ〜、たまには廻《めぐる》くんに頼って欲しいのに、隙がない……」

「そんなことないって。いつも看病に来てくれたじゃないか」

「そ、それは……。だって、私、廻《めぐる》くんの恋人だし、当たり前だよ」

白雪《しらゆき》は頬を赤らめ、はにかんだ。

隣の席の仁太郎《じんたろう》が「は〜、やってらんないぜ〜」とつぶやいて両腕を後頭部で組む。近くの男子生徒からは嫉妬の視線を投げかけられ、舌打ちもされた。

「記憶に関してはどう？　頭が痛くなったりしていない？」

「あ、そういえば学校に関してはさらっと思い出せるな。頭痛もなかったし」

家族を思い出すときはあれほど頭が痛かったし、恐ろしかったのに……まるで違う。

思い出したい記憶かどうか――それが関係しているのかもしれない。

白雪《しらゆき》は胸の前で指をもじもじとさせた。

「それでね、廻《めぐる》くんは久しぶりの登校で疲れてるだろうし、私、よければ夕食を作りに行ければなって思ってるんだけど、どうかな？」

仁太郎《じんたろう》が眉間に皺《しわ》を寄せ、近くの男子生徒が顔をしかめる。

そんな周囲に対し、白雪《しらゆき》はまったく気がついていないようだ。

燃えさかる嫉妬の炎に辟易《へきえき》したが、いちいち相手をしていられないと思って見ないフリをした。

「ありがとう、白雪《しらゆき》。凄《すご》く助かるよ」

「ホント、じゃあ――」

「でも用事があるんだ。だからまた今度お願いしていいかな？」

久しぶりの登校で疲れているだろうという心遣いが嬉《うれ》しいし、いつでも力になりたいという気持ち自体が凄《すご》く嬉《うれ》しい。

でも――

俺が説明しようと口を開けた瞬間、廊下から声がかかった。

「――メグル」

魔子《まこ》だった。

登校から半日過ぎても整えられた毛先の美しさは微塵《みじん》も衰えていない。その冷めた表情で美しさを凍らせて保存しているかのようだ。

そのせいか魔子《まこ》の存在は周囲から明らかに浮いていて――誰も近寄れない雰囲気があった。

「あ、魔子《まこ》ちゃんが来たってことは……」

「今日、これから事務所に一緒に行くことになっててな」

「そっか。それならしょうがないね」

少し寂しげに、えへへと白雪《しらゆき》が笑う。

「いいなー、廻《めぐる》」

「俺がやってるの、バイトみたいなものらしいし、仁太郎《じんたろう》も来たいならいいが」

「ホントか!?」

仁太郎《じんたろう》がいきり立った。

「あ、魔子《まこ》の説得は自分でやれよ。俺個人としては別にいい、ってだけの意味だから」

「ぜってー無理じゃんよ……。あの雰囲気の魔子《まこ》様に話しかけられるの、お前と丹沢《たんざわ》ちゃんだけだって……」

仁太郎《じんたろう》がそう言う気持ちはわからないわけではない。

学校における魔子《まこ》の孤高ぶりがここまでとは思っていなかった。今もとてつもなく鋭い雰囲気を発していて、まるでハリネズミみたいだ。

魔子《まこ》が俺や白雪《しらゆき》以外に対し、どんな対応を取っているのかはっきりしたのは、昼休みに魔子《まこ》の様子を見に行ったときのことだ。魔子《まこ》は教室でただ一人、人を拒絶する空気を身にまとって気だるげに携帯を触っていた。

『あいかわらず才川《さいかわ》さん綺麗《きれい》だな～。話してみたい～』

『やめときなよ。あいつめちゃくちゃ感じ悪いから』

『そうなの？』

『四組の湖西《こさい》と丹沢《たんざわ》以外、めっちゃ見下してくるから。話しかけないほうが身のためだって』

『マジで～⁉　でもなんでその二人は大丈夫なんだろ～』

『湖西《こさい》は同居してる親戚で、丹沢《たんざわ》は幼なじみらしい。二人の悪い噂《うわさ》は聞かないけど、才川《さいかわ》は男はべらせて遊んでるって話も聞くし』

『うわっ、なにそれ……』

『ま、モデルで大人気のお嬢様は庶民に興味がないんでしょ？　は～、美人は得だよね～』

教室の入り口でそんなヒソヒソ話を偶然聞いてしまった俺は、いたたまれない気持ちになった。おそらくこの何気ない会話が、学校で魔子《まこ》がどう見られているかを正確に表しているだろう。

なお、会話をしていた二人は俺が聞いていたことを察知したとたん、苦笑いをして逃げて行った。

「魔子《まこ》様を説得できるのはお前だけだ。頼む、廻《めぐる》。お前から魔子《まこ》様を説得してくれ！」

とはいえ魔子《まこ》は嫌われているばかりでもない。女子からは相当反感を買っているようだが、仁太郎《じんたろう》のように、男子からは崇《あが》められる場合も結構あるみたいだ。

「このバカジンタ！」

「ぐふっ」

鞄《かばん》が仁太郎《じんたろう》の腹部に刺さる。

やったのは管藤《かんとう》だ。

「まったく、バカじゃないの？　下心丸見え。そんなの才川《さいかわ》さんじゃなくたって嫌に思うに決まってるじゃん」

「えー、でも、お近づきになるきっかけが欲しかっただけで……頼むのはタダだし……」

「湖西《こさい》、このバカはわたしが説教しておくから、行きな。お姫様はあんたが遅くて大変ご立腹みたいだよ」

管藤《かんとう》の言う通り、魔子《まこ》は俺たちのやり取りを廊下から不機嫌そうに見つめている。早く行ったほうが良さそうだ。

「白雪《しらゆき》、じゃあ」

俺は教科書類を鞄《かばん》に詰め、肩にかけた。

「うん。あ、夜、連絡するね」

「ああ、わかった」

それだけ言って俺は魔子《まこ》の元に向かった。

＊

事務所に着くまでの道のりは、魔子《まこ》の愚痴で占拠された。

廊下でにらんできていた魔子《まこ》に『お待たせ』と言った後の『遅い』から始まり、そこから怒濤《どとう》の勢いで言葉が吐き出される。

「このあたしを廊下で待たせるなんていい度胸してるわね」

「もう、あんたのせいで足が棒になりそうじゃない。むくんだらどうしてくれるの？」

「罰として帰ったらお風呂《ふろ》後にマッサージしなさいよね」

「やり方覚えてない？　今から携帯で検索して調べておきなさい」

「あー、もうやる気が削《そ》がれちゃったわね。今日の仕事、サボろうかしら」

俺は心の中でため息をついた。

とんだわがままお嬢様だ。学校ではあれだけ無口だったというのに、俺と二人になるといきなりこれ。学校での姿は外行きのもので、かなり澄ましている結果なのかもしれない。

それは芸能事務所に着いてからも同じだった。

「あの受付の女、あいかわらずぶりっ子でムカつくわね」

「今エレベーターで一緒だった男、あたしをじっと見てたの気がつかなかった？　何で間に入ってくれなかったわけ？　もし今度あの男とすれ違って何かされたら、あんたを一生恨んでやるから」

「このバカ。どうして助けてくれなかったのよ。水を持ってきてって言ったときは助けての意味でしょ？　そんなことも忘れてた？　あのカメラマン、実力も名声もあるけど、いつも口説かれて困ってるの。二度と忘れないで」

俺が入院している間にマネージャーをやっていたという若い女性社員に会ったとき、『助かりました』と言われたが、どうりで言葉に心がこもっていたはずだ。

魔子《まこ》は頭がいいし、慎重なところがあるので、スケジュールは基本頭に入れている。人間関係もほとんど見切っていて、わがままだが力を持つ人間には礼儀正しいなど、なかなかそつがない。ただそれは逆を言えば、マネージャーなどこき使える相手には容赦ない部分があるとも言える。

（まったく、記憶障害になる前の俺はよくやってたものだ……）

いくら親戚で同居人で、魔子《まこ》曰《いわ》く『本当の恋人』であろうとも、超わがままお嬢様の相手をしていれば嫌気がさすだろうに。

（……いや、もしかしてそうならない事情……それか、それでもマネージャーをやらなければならない理由があったのだろうか……）

今、俺は正直なところ、魔子《まこ》に恋愛感情が湧かない。わがままに付き合わされるのは勘弁してくれ――としか思えない。

魔子《まこ》が本当に俺を恋人と思っているかも怪しい。初めて病室に来た際、すぐにキスをしてきたことくらいしか恋人らしい言動をされていない。俺を愛しているのならもっと優しくしてくれてもいいと思うのだが……魔子《まこ》の気位の高さを考えると、照れ隠しとも思えるのが恐ろしいところだ。

たぶん俺と魔子《まこ》の間に、恋人の匂いはしていないだろう。誰からも恋愛関係を怪しまれないことからもそれは明らかだ。仁太郎《じんたろう》が言っていた『わがままお嬢様』と『面倒見のいい執事』みたいに見えているに違いない。

でも俺と魔子《まこ》は、『ただの同居している親戚』ではない。

俺と魔子《まこ》の間に、深い何かがあることは感じている。

いだろうか……）

（魔子《まこ》がぼかしている、おじさんとおばさんについてもう少し思い出せれば、わかるんじゃな

漠然と、そんな気がしていた。

ブルルッと携帯が震えた。

俺は電話の相手を確認すると、魔子《まこ》の撮影を横目にスタジオを出た。

「こんばんは、廻《めぐる》くん。今、大丈夫だった？」

「実はまだ魔子《まこ》の撮影中なんだが……」

「えっ⁉　二十一時なのに⁉　かけ直そうか？」

「今はちょうど大丈夫。スケジュール押し気味でまだしばらくかかるみたいだから。その後、

飯も食っていくと今日中に折り返せるかわからないし、むしろちょうどよかった」

「あいかわらず忙しいね」

想《おも》いのこもった労《いたわ》りに心を癒《い》やされながら、俺は通路のベンチに腰を下ろした。

「あいかわらずって、記憶障害前の俺もこんな感じだったのか？」

「そうだね。何かと忙しそうで、張り詰めた顔をしていることも多かったかな」

「やっぱりおじさんとおばさんがいないことが関係しているのか？」

魔子《まこ》が教えてくれないなら白雪《しらゆき》だ。

そう思い、何気なさを装《よそお》って聞いてみる。

電話の奥から息を呑《の》む音が聞こえた。

一拍置いて、白雪《しらゆき》が口を開く。

「……ごめんね。その辺りは先生からまだ口止めされてる部分だから」

「そっか」

気にはなるが、先生や白雪《しらゆき》を信頼している。ここは自制するとしよう。

「白雪《しらゆき》はよくこうして夜に電話をくれたのか？」

話題を変えると、白雪《しらゆき》は声を弾ませ食いついてきた。

「うん、ちょくちょくね。私、メッセージのやり取りよりも声を聞くほうが安心できるから好きで。転校しちゃった後も、ね」

「転校？」

あっ、と白雪《しらゆき》がつぶやく。しまったと言わんばかりだ。

やっぱり白雪《しらゆき》には天然なところがある。

「大丈夫、特に不調はないから」

「はぁ～、よかったぁ～。廻《めぐる》くん外にいるし、倒れちゃったらどうしようって考えちゃった」

「それより転校って、いつから？」

「う～ん、どこまで言っていいかわかんないけど……中学校の三年間」

「高校でまた一緒になったってことか」

「そう。転校先も悪くはなかったけど、廻《めぐる》くんや魔子《まこ》ちゃんと一緒じゃなかったのは寂しかったかな。戻ってこれて本当に良かったよ」

……ダメだ、完全に思い出せない。

俺の記憶は、まだ小学五年生で白雪《しらゆき》と出会ったときのまま止まっている。

「……私ね、また一緒に学校に通えるようになったら、絶対廻《めぐる》くんに告白しようって決めてたの」

すらりと白雪《しらゆき》から出てきた言葉。

しかし少し考えてみると、なかなか大胆な発言だ。

「白雪《しらゆき》は俺のこと、小学生のころから好きでいてくれたのか……？」

「あっ」

出た。さっきの転校発言のときと同じ『あっ』だ。

やっちゃった感が凄《すご》い。

電話の先で白雪《しらゆき》が悶絶《もんぜつ》している映像が俺の脳内に流れた。

「あっ、あのね！　そ、それは事実ではあるの！　事実であることを認めないつもりはないんだけど、それを廻《めぐる》くんに伝えるとなるとまた別の問題があってね！」

「すでに俺に伝わっちゃってるけど、どんな問題が？」

「ううう……廻《めぐる》くんの意地悪……。そんなの、照れくさいからに決まってるじゃない……」

俺は思わず微笑《ほほえ》んでいた。

俺の恋人は、なんて可愛《かわい》らしいんだろうか。

今、白雪《しらゆき》が赤面している姿が目に浮かぶ。

きっと恨みがましく口を尖《とが》らせながら、でも俺を純粋に慕ってくれている。

記憶障害がある今の俺にとって、白雪《しらゆき》とはまだ出会って一か月程度の関係だ。

でもすでに惹《ひ》かれている。昔から白雪《しらゆき》を好きだった自分が容易に想像できる。

だってこうして話しているだけで幸せな気持ちになれる。本人は魔子《まこ》に比べて劣等感を抱いているかもしれないが、比べる必要なんてない。

懸命に看護をしてくれる献身性、優しい心、まっすぐな好意――白雪《しらゆき》は誰にも負けないほど魅力的な女の子だ。

「俺と白雪《しらゆき》は、デートをしていたのか？」

温かな気持ちに後押しされ、俺は少し踏み込んだ。

「実は私たち、まだ付き合ってそんなに時間が経《た》ってなくて……。廻《めぐる》くんも忙しかったりして、なかなか予定が合わず、あまり……」

「じゃあ今週の土曜、デートに行かないか？　午前中に定期検診があるんだけど、その後でよければ」

「行くっ！」

た。

元気な即答。

それはもしかしたら断られないかな？　という不安を、一瞬で吹き飛ばしてくれるものだった。

「あっ、そうだ！　私、行きたいところがあるの！　デートの中身は私が決めていい？」

「ああ、もちろん」

「えへへっ、廻《めぐる》くんとデート……嬉《うれ》しいなぁ……」

段々わかってきた。えへへ、も白雪《しらゆき》の口癖だ。

照れと甘えが混ざったとき、ポロっと出てくる。

白雪《しらゆき》は甘えん坊だが、誰にだって甘えるわけじゃない。

俺と魔子《まこ》と、ほんの少しの友達だけ。異性で言えば俺にだけだろう。

それだけ特別に思ってくれているのだ。恋人として信頼し、慕ってくれている証拠と言える。

俺はこの信頼をずっと守っていきたい——そう思った。

電話を切ってスタジオに戻ると、魔子《まこ》の撮影に区切りがつきそうなところだった。

時間も遅いとあって、俺と魔子《まこ》は挨拶を終えると、速やかにスタジオを後にした。

「さっきの電話、誰？」

外に出たとたん、魔子《まこ》が聞いてきた。

「白雪《しらゆき》だが？」

「……仕事中はあたしに集中しなさいよね」

どことなく引っかかる言い方だ。

俺は直感したことをそのまま口にした。

「もしかして嫉妬してるのか？」

だとしたら初めて『本当の恋人』らしい言動のように思えるが——

「はぁ？　バカじゃないの？」

思いっきり小馬鹿にした口調で言われた。

「いくら自分が待機している時間でも、急な出来事に対応できるように準備しておくことが仕事でしょ？」

魔子《まこ》の場合、これが照れ隠しなのか、本気で言っているのかわからないところが迷わせる部分だ。

「それならお前は部屋の掃除くらい、いつもちゃんとやっておけ」

「まったくああ言えばこう言う。本当に細かい男ね。あれは最善の配置なの。覚えておきなさい」

話している間に機嫌は直ってきたらしい。

魔子《まこ》は大きく背伸びした。

「さて、やっと仕事も終わったし、おいしいご飯でも食べていきましょうか」

街灯の下で、魔子《まこ》が微笑《ほほえ》む。その笑みに引き付けられ、周囲の男性たちは振り返って魔子《まこ》を見つめていた。

魔子《まこ》がこれほどの魅力を持つのは、ただ美しいからだけじゃない。高貴で、気高く、わがままなのに、どこか寂しがり屋で、繊細で、時折悲しそうな瞳で遠くを見つめるところがあるからだ。

記憶を持っていたときの俺は、魔子《まこ》のそんな部分をどう思っていたのだろうか。

「魔子《まこ》、お前——」

「何よ?」

「……飯はパスタがいいのか?」

「スペイン料理がいいわ。お気に入りの店を教えておくから、登録しておきなさい」

「わかったよ」

思い出していこう。白雪《しらゆき》に惹《ひ》かれているからこそ。

でもなぜだろうか。胸騒ぎがする。

もしかしたら記憶をなくしている今は、それはそれで幸せなのかもしれない——

ふと俺は、そんなことを思った。

＊

夜、自室。
電気を消した状態で、俺はノートパソコンに向かっていた。
打ち込んでいるのは、記憶に関するメモだ。
最近寝る前に更新することが癖になっている。
現在の内容はこうなっていた。

【確定した記憶】
○小学五年生
・父、母、妹（三つ年下）が交通事故で死亡
・遠縁の親戚である魔子《まこ》の父親に引き取られた
・以後、俺は才川《さいかわ》家で暮らす
・魔子《まこ》の父は議員であり、家は裕福
・魔子《まこ》の母は絵画や壺《つぼ》や植物を飾るのが好きだった（ただし今はすべてない）
・白雪《しらゆき》は魔子《まこ》と小学三年生からの親友

・白雪《しらゆき》とは、父親から俺の世話を頼まれた魔子《まこ》が連れてきて出会った

○小学六年生
・白雪《しらゆき》姫の演劇をしている
↓俺は王子役。白雪《しらゆき》が白雪《しらゆき》姫役で、魔子《まこ》が魔女役？

○中学生
・白雪《しらゆき》は転校していて、高校に上がったときにこっちに戻ってきている

○現在（高校一年生）
・白雪《しらゆき》と魔子《まこ》と同じ高校に通っている
↓魔子《まこ》は俺と白雪《しらゆき》以外とほとんど話さず、孤立気味（自分から孤立？）
・俺と白雪《しらゆき》は同じ四組、魔子《まこ》は二組
・魔子《まこ》と二人暮らし
・おじさんは会えない状態にあり、死んでいないが仕事をしているわけでもない
・おばさんは心の病で入院中
・魔子《まこ》はモデル、俺はそのマネージャー的なことをしている

↓この仕事の分担は俺から言い出している
↓生活費等は魔子《まこ》のモデル業で賄われている
・白雪《しらゆき》とはまだあまりデートをしていないほど付き合ったばかり

○メモ
・恩知らずとは？

その三　このままどこまでだって行ける気がしたの

＊

忙しい毎日が続いた。

学校、宿題、掃除と洗濯と朝食と夕食づくり。魔子《まこ》のマネージャーのバイトもある。

これらに関する記憶は比較的すんなり回復し、すべて抵抗感なく受け入れられたことは幸運だった。

ただ時間は有限で、体力も有限。入院生活で体力が落ちていたため、掃除は多少手抜きにさせてもらったり、夕食を外食にする回数を増やしたりすることで補うことにした。まあ、魔子《まこ》の愚痴と引き換えではあったが、そこは慣れてきたので軽く流しておいた。

（俺はずっとこういう生活をしてきたのだろうか……？）

忙しいが、充実はしている。

学校に行けば友達がいて、白雪《しらゆき》という恋人がいて。魔子《まこ》から文句を言われながらも、モデル業界なんていう非日常も覗《のぞ》ける。

（楽しい日々だ……。でも、何かが違う……）

今、自分にある記憶の中で、現在の生活に一番合わないのが、魔子《まこ》が『本当の恋人』という部分だ。

魔子《まこ》は俺に恋人らしいことを求めない。

無論、同じ仕事場で働いて、同じ家で暮らしている。プライベートで一緒にいる時間は恋人の白雪《しらゆき》より遥《はる》かに長い。

ただこれは恋人として一緒にいるのではない。家族として一緒にいるだけだ。

例を出せば、魔子《まこ》とは手を繋《つな》がない。魔子《まこ》も色っぽくならない。恋人といるような空気が漂わない。

もし魔子《まこ》が『本当の恋人って言ってからかっていただけ』とでも言えば、すべてが丸く収まるような状況だ。

でも――不思議だ。

どうしても魔子《まこ》の言葉を否定できない。

「うん、順調だね」

定期検診に行くと、先生はあいかわらず人がよさそうな微笑《ほほえ》みを浮かべた。

「ここまで順調なら、もう少し踏み込んでもいいかもしれないな」

「具体的には？」

「まだ君が行っていない、思い出の場所とかはないのかな？　そういうところに行って、記憶を刺激してみるんだ。これだけうまく日常に戻れたことを考えると、そのくらいの軽いきっかけで十分効果が出るんじゃないかと思う」

「なるほど」

「というわけで、君はこの後、恋人とデートなのだろう？」

にやり、と先生は笑った。

この笑い方は——野次馬的笑みだ。親戚の叔父さんが恋愛話に首を突っ込んでニヤニヤしているのに似ている。

「知っているってことは、白雪《しらゆき》からすでに話がいってそうですね」

「はぁ〜、まったく君は冷静でからかいがいがないな。『そ、そんな、先生には関係ないでしょ！』くらい期待してたのに」

「………………」

先生はいい人で腕もいいと思うのだが、いろいろと難があるな……。

「ちょ、目が冷たすぎるんだけど⁉」

「あ、はい、すいません」

いや〜、と言いながら先生はボサボサ髪をかきむしった。

「実はね、君の恋人ちゃんからデート先について事前に相談を受けていてね。それで今日の診察の結果、僕は行っても大丈夫だと判断した。恋人ちゃんにはそう伝えておいて」

「了解です」

「行くときは一人ではなく、誰かと一緒のほうがいいと思っていたから都合がいい。万が一の可能性もあるから、すぐ退《ひ》く心構えを忘れないで」

「はい」

俺は診察室を出て、病院の外で待ち合わせをしていた白雪《しらゆき》に先生の話を伝えた。

「じゃあこれから私についてきてもらっていい？」

「ああ」

現在は土曜日の十一時。天気も快晴で、デート日和だ。

なお、魔子《まこ》は朝から外せない仕事に出ている。俺は定期検診があったので仕事はお休みだった。そのため久しぶりにゆっくりできる一日と言えた。

白雪《しらゆき》の案内に従って石川町駅へ。そしてJR京浜東北・根岸線に乗りこんだ。

「どこへ行くんだ？」

「えへへっ、内緒」

ペロッと可愛《かわい》らしくいたずらっ子のように舌を出す。

その天真爛漫《てんしんらんまん》な仕草に、俺の鼓動は自然と高鳴っていた。

「ちょっと時間がかかるから、それまで昔話しない？」

「いいけど、俺、かなり忘れちゃってるぞ」

「記憶を確認する意味でも……ね？」

車内は乗客が少なく、のんびりとした時間が流れている。窓から見える真っ青な海が日差しを浴びてまぶしいほど輝いていた。

穏やかな気持ちだ。白雪《しらゆき》もついてくれているし、挑戦するにはいい日なのかもしれない。

「わかった。でも昔話って言っても、どんな？」

「ほら、この前、私と初めて出会ったときのことを思い出したでしょ？」

「ああ。俺が才川《さいかわ》家に引き取られて、でも家族のことでふさぎこんじゃってて、それで魔子《まこ》が白雪《しらゆき》を連れてきたんだよな」

「うん」

白雪《しらゆき》は真摯な表情で頷《うなず》いた。

「あのころの私、すっごい悩んでいたの」

「何を？」

「廻《めぐる》くんをどう励ませばいいか、わからなくて。私は廻《めぐる》くんほど不幸な目に遭った人は見たことがなかったから」

「……そうか」

両親と妹の死はニュースにもなったと聞いている。当然、転校先の小学校では誰もが俺の事情を知っていただろう。

「もし自分が同じ状況になったとしたら……と考えたら、恐ろしくて。廻《めぐる》くんの気持ちを想像するだけで泣けてきちゃってた」

「……うん」

「だから声のかけ方がわからなくて。わからなくて……わからなくて……わからないなら、せめてずっと明るくしようって思ったの」

吹っ切れたかのように白雪《しらゆき》は言う。

そうだ、白雪《しらゆき》はこういう子だった。

善性の塊で、人を明るく照らす太陽みたいな性質を持っている。

「遠慮をやめて、暗いところじゃなくて、なるべく明るいところに連れて行こうと考えたんだ。だって、こんなに辛《つら》い思いをした廻《めぐる》くんは、その分だけ幸せになるべきだと思ったから」

心優しく控えめな白雪《しらゆき》だが、いざやるとなると行動力が凄《すご》い。

わき目も振らず、突き進む。


『こんなところにいちゃ苔《こけ》が生えちゃうよ！　私たちと一緒に遊ぼ！』

懐《なつ》かしい声がする。小さいころの白雪《しらゆき》の声だ。

いつもなら過去のことがよぎると頭痛の一つもするところだが、白雪《しらゆき》が傍《そば》にいてくれるためか、痛みも不安もない。

「……大丈夫？」

くりっと大きく丸い、小動物のような瞳が俺に向いている。

俺は白雪《しらゆき》のまっすぐな好意に応えたい。そしてその先には幸せな思い出が待ち受けている気がする。だから痛みも恐怖もないんだ。

「ああ。もっと話をしよう」

俺は白雪《しらゆき》と懐《なつ》かしい思い出話をしながら、ゆっくりと当時の情景を脳内に浮かべていった。

……

…………

『私たちと話そうよ！　ねっ、廻《めぐる》くん！』

俺は両親と妹を亡《な》くしたことで、学校以外の時間のほとんどを自室でぼぅとしていたが、白《しら》雪《ゆき》が積極的にかかわるようになってからは部屋を出るようになった。

いや、正しくは、よく白雪《しらゆき》に無理やり部屋から引きずり出された、だ。無理やりと言えるほど強く白雪《しらゆき》は俺に介入してきた。

と言っても小学五年生の男女だ。話題が合うわけもなく、俺は白雪《しらゆき》と魔子《まこ》の会話を、魔子《まこ》の部屋の隅で聞いているのが基本だった。

ただそこはさすがの白雪《しらゆき》。

そんなの障害にならないとばかりにとことん絡《から》んできた。

『廻《めぐる》くん、どの服が可愛《かわい》いと思う？　しゃべりたくないなら指で差して』

『あ、この熊さん人形持って。うわっ、可愛《かわい》くて似合う～。写真撮っちゃお』

『うう～、またクリアできなかった～。廻《めぐる》くん、お願い！』

無視しても関係なく白雪《しらゆき》は話しかけてくるし、何かしら反応をしないと満足しない。なので当初は面倒くさいという理由で白雪《しらゆき》を受け入れるようになった。

ぼんやりとしている俺がいて、そこに白雪《しらゆき》が話しかけると、魔子《まこ》は別のことをする。

白雪《しらゆき》が魔子《まこ》に話を振ると、魔子《まこ》が食いついて、今度は俺がぼんやりに戻る。

こんなことの繰り返しだ。初めて俺たちを見た人は、きっと奇妙な三人組に見えただろう。

はっきりしているのは、俺たち三人が一緒にいるうえで、要だったのが白雪《しらゆき》だということだ。

……そんな関係が数か月続いた後のこと。

『でね、廻《めぐる》くん、今日の体育のダンス、魔子《まこ》ちゃんが私を見て鼻で笑うんだよ！　確かに魔子《まこ》ちゃんみたいにカッコよく踊れないけど！　うう～、ひどいよね～！』

『別に鼻で笑ってないわよ。可愛《かわい》らしい動きだなと思っただけで』

『嘘《うそ》ばっかり～！　あれ、絶対笑ってたって～！』

『ふふっ』

俺が思わず小さく笑うと、白雪《しらゆき》と魔子《まこ》は目を見開いた。

『今、廻《めぐる》くん笑った！　魔子《まこ》ちゃんも聞いたよね！』

『……確かにそのようね。半年顔を合わせていて、初めて聞いたわ』

『やったやった！　廻《めぐる》くん、笑えてよかったね！』

少しずつ——ほんの少しずつだった。

白雪《しらゆき》の明るさが俺の心に染《し》みこんでいって、喜びや楽しいといった感情が動くようになっていった。

（そうだ……俺にとって白雪《しらゆき》は、恋人以上の意味を持っている……）

家族の死で絶望する俺に手を差し伸べ、感情を取り戻させてくれた恩人。

恥ずかしい言い方をすれば、救いの女神のような……そんな神聖さすら、俺は白雪《しらゆき》に覚えていた。

一方、俺と魔子《まこ》だけになると、ほとんど会話はなかった。

『…………』

『……何よ』

『……別に』

俺は魔子《まこ》に——いや、あらゆることに興味がなかった。白雪《しらゆき》が強制的にかかわろうとしてくれたから、少しずつ白雪《しらゆき》にだけ心を開くようになっていっただけだ。

ではそんな俺を魔子《まこ》がどう見ていたかと言うと――腫れ物、が一番わかりやすい表現だろう。両親に頼まれているから、俺のことを無視するわけにはいかない。でもどうにもできないし、あんまりかかわりたくもない。だから白雪《しらゆき》を引き込んで何とかしているが……やはり俺のことを邪魔なやつくらいにしか見ていない。

そんな感じの魔子《まこ》だったが、魔子《まこ》なりの正義を持っている。

俺が転校してきたばかりのとき、魔子《まこ》は嫌なことを言われるといつも守ってくれた。

『おい！　お前、才川《さいかわ》と同じ家に住んでるんだって！　こっそりエロいことしてるだろ！　むっつりそうだもんな、お前！』

『……別に』

『ちっ、何が別にだよ！　馬鹿にしてんのか！』

『いたっ』

『お前が馬鹿にするのが悪いんだよ！』

たぶん俺が暗く、弱そうに見えたからだろう。

性質《たち》の悪い同級生に絡《から》まれることも少なくなかった。

そんなとき、魔子《まこ》がいつもすぐに飛んでくるのだ。

『――なに、あんたたち。あたしについて話してるの？』

『っ、才川《さいかわ》！』

『あんた、もしかして先週あたしに振られたからメグルに当たってるわけ？　ダサいわね』

『ばっ、んなことあるか！』

『じゃあ寄ってたかって、いじめて楽しんでいると受け取っていいのね。で、こいつ一応あたしの身内なんだけど？　ということはあたしにも喧嘩《けんか》を売っているっていうわけよね？』

『い、いや、そんなちがっ――』

『違わないわ。今度同じことをしようとするなら、あたしを敵に回す覚悟をしておきなさい』

　魔子《まこ》は女子のリーダー的立ち位置であり、口も達者だ。なので口論で負けるところは見たことがなかった。

　魔子《まこ》は苛烈な性格をしていても、卑怯《ひきょう》なことや弱い者いじめをしない。そこに転校当初、俺は何度も助けられた。

　そんな、腫れ物扱いされたり、助けられたり、白雪《しらゆき》を介して少しだけ交流したり……微妙な関係のまま一緒に暮らしていた魔子《まこ》との関係は、段々と仲良くなっていく白雪《しらゆき》とは正反対に悪化していった。

　理由は至極単純。

　――俺が才川一家の邪魔者だったからだ。

俺を引き取ると言ってくれたのは才川《さいかわ》のおじさんだった。

才川《さいかわ》のおじさんは俺の父親と従兄弟《いとこ》の関係で、県議会議員をしている名士でもあった。

親戚の中でもっとも裕福であり、議員という職業から、人からどう見えるかも考慮に入れて俺を引き取ったのだと思う。

ただおじさんは豪快な人物で、少なくとも表面上は打算を一切出さなかった。

『廻《めぐる》、これからここがお前の家だ！　おじさんのことも、パパと呼んでくれていいからな！』

俺を家に引き取ったとき、こう言ったのを覚えている。

おじさんとは逆に、おばさんは冷淡だった。

白雪《しらゆき》のおかげで立ち直りつつあったころ、おじさんとおばさんがひっそりとこんな話をしていたのを俺は聞いていた。

『あなた、どうしてうちであんな子を……』

『他に引き取れる余裕がある家はなかったんだ。うちなら別に大丈夫だろう？』

『金銭面ではそうかもしれないけれど、うちには魔子《まこ》もいるのよ？　同じ年の男女なのに……ご近所でなんて言われてるか、あなたは知っているの？』

『それを言うなら引き取らないほうが言われると思うぞ？』

『それはそうかもしれないけれど……』

『おれは自分の息子とキャッチボールするのが夢でな。こんな形で叶《かな》うかもしれないとは思わなかった』

『っ！　それは息子が産めなかったわたしへの嫌味かしら？』

『あ、いや、そんなことは……』

『そんなくだらない理由であなたは……！』

『……くだらなくはないだろうが』

『巻き込まれるわたしの身にもなってよ！　実際に面倒を見るのはわたしなんだから！』

両親と妹が死んだことは、悲しいけれど受け入れなければならない、という気持ちが出てきていた。またそれを受け止めるだけの時間も少しずつ蓄積されていた。

すると、目の前の問題が見えるようになってきた。


――俺は存在しているだけで才川家を不幸にしている。


それが、辛《つら》かった。

『パパ！　パンツ一枚で歩かないでって言ってるでしょ！』

『いいだろ、魔子《まこ》。風呂上《ふろあ》がりなんだから。廻《めぐる》もそう思わないか？』

『あ……はい』

『ほら見ろ、廻《めぐる》もいいって言ってるぞ』

『あいつは何でもはいって言うのよ！』

『そんなことはないぞ。廻《めぐる》、今度キャッチボールしないか？』

『そ、それは……』

『見ろ、はいって言わなかっただろう？』

『パパひどい！　あいつがそれだけは言わないってわかってて聞いたでしょ！』

『いやいや、はっはっは！』

『笑ってごまかさないで！』

ありがたいことにおじさんは、おばさんに何を言われても変わらず、顔を合わせたら豪快な笑顔で話しかけてきてくれる。

でも、おじさんの厚意に応えられないことが──おばさんを苦しめていることが──魔子《まこ》をいら立たせていることが──すべてが申し訳なく、どうしていいか俺はわからずにいた。

そんな俺が頼れるのは、白雪《しらゆき》だけだった。


──ある日のこと。

白雪《しらゆき》がうちに遊びに来たとき、魔子《まこ》に内緒で相談したいと打ち明けた。

白雪《しらゆき》はすぐに快く頷《うなず》いてくれた。

『じゃあ、今日は早めに帰ることにするよ。それで私、そのまま山下公園の世界の広場で待ってるから、廻《めぐる》くんは魔子《まこ》ちゃんに見つからないよう家を出て、そこでゆっくり話を聞かせて』

こうして白雪《しらゆき》は適当な理由をつけて、いつもよりも一時間早く才川《さいかわ》家を出た。そして俺は買い物に行くフリをして白雪《しらゆき》と合流し、石のステージへ繋《つな》がる階段に並んで座った。

『……ありがとう、丹沢《たんざわ》』

『お礼なんていいよ！　実は私、廻《めぐる》くんに頼られちゃうなんて初めてで、すっごく嬉《うれ》しいんだ！』

『そう言ってくれるとありがたい。他に頼れる人がいなくて……。あ、これを』

俺は貢《みつ》ぎ物《もの》として自販機で買ったミルクティーを渡した。彼女が甘党なのは、一緒におやつを何度も食べていたので把握していた。

『ありがと！』

俺は隣に座りつつ、自分用のファンタグレープの蓋を回して開けた。

『それで……どんな話だった？』

白雪《しらゆき》が気合を入れるためか、ぐっと脇を締める。

俺は自分の存在が才川《さいかわ》家を不幸にしていることについて語った。

海を眺めたり、横浜マリンタワーを見上げたり、芝生で遊ぶ子供たちを眺めたりしながら——少しずつ。

『──そっか。だから魔子《まこ》ちゃんには聞かせられなかったんだね』

俺が一通り話し終えると、白雪《しらゆき》はそう言った。

『ここに来たばかりのときは何も考えられなかったけど、丹沢《たんざわ》が声をかけてくれたおかげもあって、少しずつ目の前のことが見えてきたように感じてるんだ』

『あはは っ、私は全然大したことしてないよー』

『そんなことはないけど……』

『私のことは気にしないで大丈夫！　それで、目の前のことが見えてきて？』

『引き取ってもらえたこと、感謝しなきゃって思ったんだ。特におじさんには不自由のない生活をさせてもらってるし、いろいろ話しかけてもらってるし、お礼の気持ちを示したいんだけど……』

『ありがとうって言えばいい気がするんだけど……それじゃダメなの？』

『実はできる限りお礼を言うようにしてるんだけど、おじさんが魔子《まこ》に、『お前もこうやっていろんなことに感謝しろ』って言っちゃったことで、すねちゃったことがあって……』

『あ～、魔子《まこ》ちゃんらしいというか……』

白雪《しらゆき》は苦笑いを浮かべた。

『そういえば以前魔子《まこ》ちゃんから、おじさんは廻《めぐる》くんとキャッチボールしたいけど、廻《めぐる》くんがオッケーしないって話をしてたんだ。だからキャッチボールをしたらどうかなって思ったんだけど……ダメかな？　おじさん、すごく喜ぶだろうし、廻《めぐる》くんが感謝してるってこと、わかってくれるんじゃないかな？』

『あっ、それは――』

俺はそれ以上が言えず、ただ石畳を見つめることしかできなかった。

白雪《しらゆき》は慎重に聞いてきた。

『もしよければ、理由、聞いていい？』

『……別に、大したことじゃないんだけど』

『……うん』

白雪《しらゆき》は俺を急《せ》かせず、相槌《あいづち》を打って待ってくれている。その労《いたわ》りの気持ちが嬉《うれ》しかった。

俺はゆっくり息を吸うと、喉の奥底から声を押し出した。

『父さんが好きだったんだ、キャッチボール』

『っ――』

『妹も、自分はできないくせに、いつも一緒についてきて……』

いきなりぽろっと涙がこぼれ落ちた。

『母さんが迎えに来るまでずっと……』

夕日が水平線に沈もうとする中、飽きることなくボールを投げ合う。

父さんは楽しそうに俺のボールを受けて、妹は文句を言いつつもずっと眺めていて。

母さんがご飯ができたから戻ってきなさいと言って迎えに来るまで……ずっと……ずっと……。

そしてそれはもう、二度と見ることはできない光景なのだ。

『っ……』

ダメだった。

視界は涙で歪《ゆが》み、喉からは嗚咽《おえつ》がこみあげてくる。

同級生の女の子が横にいるのに泣くなんてみっともない。わざわざ相談に乗ってもらっているというのに、突然横で泣かれたら迷惑以外にないだろう。

なのに、こんなに涙が止まらないなんて——

『ううっ……あぁぁ……』

声が聞こえたので横を見ると、白雪《しらゆき》が泣いていた。大きな瞳からびっくりするほど大粒の涙を流して、俺よりも大きな声を上げて泣いていた。

そんな姿を見たら、なんだかもっと泣けてきて。

家族が死んだとき、俺は現実感が湧かなくてほとんど泣けなかった。

だけど今、一緒に泣いてくれる人がいて――

俺は、初めてこんなにも泣けた。


…………

……


「あー、そうだったよねー。私、廻《めぐる》くんより泣いちゃって……。恥ずかしいな……」

大船で降り、湘南《しょうなん》モノレールに乗り換える。

宙吊《ちゅうづ》りの電車から見える住宅街は絶景で、旅行気分と相まって、記憶の蓋が緩んでいくのを感じていた。

「恥ずかしくなんてない。それどころか俺、あのとき――」

無意識に言いかけた言葉を俺は慌てて止めた。

白雪《しらゆき》が小首を傾《かし》げる。

「あのとき?」

「あ、いや……何でもない」

「えー、気になるよー」

「ホント、何でもないから」

「廻《めぐる》くんの耳が赤いから、何でもないわけないよー。ねっ、ねっ、教えて？」

肩を揺らされたが、恥ずかしすぎて言うわけにはいかない。

だって、俺はあのとき——


——初めて、白雪《しらゆき》を意識したから。


二人で泣いていたのは、たぶん数分程度のことだったと思う。

公園の片隅で思う存分泣いた俺は、涙を袖でぬぐって言った。

『——キャッチボール、おじさんとしようと思う』

突然の言葉に、白雪《しらゆき》は目を丸くした。

『いいの……？』

『なんだか不思議なほどすっきりした気持ちなんだ。こんな気持ち、いつ以来かわかんないくらい。だからこの気持ちの間に決めておこうと思う』

『……そっか。なら、これは一つのアイデアだから、廻《めぐる》くんの気持ち次第だけどね？』

『ん？』

『魔子《まこ》ちゃんのお父さん、廻《めぐる》くんにパパって呼んでとも言ってたよね？　もし廻《めぐる》くんにこだわりがなければ、そう呼ぶのも距離を縮めるきっかけになるんじゃないかな？』

『それってそんなに効果があるかな？』

『あるよ！　呼び名ってとても大事なんだよ？　親しさを表すし、パパ、ママとか言われることで自覚していく部分ってないかな？　私、子供会でお姉さんって呼ばれると、お姉さんっぽくしなきゃ！　って思っちゃうんだよね』

『なるほど』

例を挙げられると、そうかもしれないって感じる。

『ありがとう。ちょっと考えてみる』

『うん！』

ふと気がついた。俺は白雪《しらゆき》に世話になってばかりだ。

立ち直るまで声をかけてもらって、相談に乗ってもらって。

だから聞いた。

『丹沢《たんざわ》にもお礼をしなきゃな。何か欲しいものとかあるか？』

『えっ⁉　いいよいいよ！　私はいいから！』

『そう言われるのが一番困るんだが……』

『あっ、そ、そう？　ん～、あ！　それじゃあ一つ、お願いしちゃっていいかな？』

『何だ？』

『私を名前で呼んでもらっていい？　私、廻《めぐる》くんのこと、魔子《まこ》ちゃんに合わせて名前で呼んじやってるけど、私は名字で呼ばれてるでしょ？』

『そんなことでいいのか？』

『そんなことじゃないの！　さっきも呼び名は大事って言ったでしょ！』

『……確かに』

俺は一度咳払《せきばら》いをした。

『白雪《しらゆき》——力になってくれてありがとう』

まっすぐ見据えてつぶやくと、白雪《しらゆき》は頬を赤くして視線を逸《そ》らした。

『そういうことを正面から言われると、なんだか照れちゃうね……』

『そうやって言われるのも結構困るな……』

『……よしっ！』

白雪《しらゆき》は自分の両頬を軽く叩《たた》くと、ベンチから立ち上がった。

『廻《めぐる》くん、私に任せて！　廻《めぐる》くんが魔子《まこ》ちゃん一家と仲良くなれるよう、頑張るから！』

茜色《あかねいろ》の空を背景に笑う白雪《しらゆき》を見て、このときはじめて気がついた。

——なんて可愛《かわい》らしいんだ、って。

優しくて、救ってくれて、笑いかけてくれて、一緒に泣いてくれて、力になってくれて。

なのに恩を着せるみたいな空気、微塵《みじん》もなくて——ただただ善意で接してくれている。

鼓動が跳ね上がった。

血流が心臓の動きに合わせて手先まで伝わっているのがわかる。

彼女の顔を見ているだけで、平静でいられそうにない。

でも——ずっと見ていたい。

できることなら気がつかれないよう物陰からこのまま眺めていたいくらいだ。

『廻《めぐる》くん、どうしたの……？』

不思議そうな顔をして、白雪《しらゆき》が瞬《まばた》きする。

『ああ、いや、白雪《しらゆき》の笑顔は魅力的だなって思って』

『えっ⁉』

思わず口を滑らせてしまったことに気がつくより先に、白雪《しらゆき》が顔を真っ赤にした。

『え、えええっ⁉　わ、私より廻《めぐる》くんのほうが魅力的だよ！　私なんかは魔子《まこ》ちゃんと比べていろいろと小さいし！　魔子《まこ》ちゃんみたいに綺麗《きれい》でもないし！』

『いや、俺なんかは……』

『なんか、じゃないよ！　だって廻《めぐる》くんカッコいいし、頭いいし、運動できるし！　それに何より！　とっても辛《つら》い思いをしてるのに前を向いて、いろんな人に感謝できるし！　優しいし！　私なんかとは違って——』

『俺からも同じことを言う。白雪《しらゆき》は『なんか』じゃない』

自分が言った言葉を返されて、さすがに謙虚も度が過ぎていたことに気がついたのだろう。

俺たちは互いに押し黙ってしまった。

『あはは っ……』

突然、白雪《しらゆき》が笑った。

『私たち、なんだかおかしいね』

『……ああ』

白雪《しらゆき》の気持ちはどうかわからないけど、俺はこの『おかしな気持ち』の正体に気がついていた。

この気持ちは、きっと日本語ではこう名付けられている。

――初恋、と。

モノレールを降り、俺と白雪《しらゆき》は湘南江《しょうなん》の島駅から海に向けて歩いていた。

その際に盛り上がったのは、小学生のころに行っていた『才川《さいかわ》一家と仲良くなれるよう作戦』の話だ。

「大成功だったよね、キャッチボール作戦！」

「当時の俺も、あそこまでうまくいくとは正直思ってなかったな……」

おじさん――いや、『キャッチボール作戦』以降は『お父さん（実の父は父さんと呼んでいたので、『お』をつけることで区別することにした）』と呼ぶようになった――は、俺がキャッチボールをやろうと言うと、凄《すご》く喜んでくれた。お父さんは毎週のように俺をキャッチボールに誘うようになり、おかげで仲を深めることができた。

「でもさ、魔子《まこ》とおばさん……いや、あの後、美和子《みわこ》さんって呼ぶようになったっけ」

「……うん、確かおばさんのこと、お母さんって呼んだら、怒られたって言ってたね。ごめん、変なアドバイスしちゃって」

「俺が納得してやったんだから俺の責任だって」

おじさんをお父さんと呼んでうまくいったことで、次はおばさんをお母さんと呼んでみる作戦を行ったところ――逆効果だった。

『あなたにお母さんと呼ばれる筋合いはないわ！』

結局、俺はおばさんのことを『美和子《みわこ》さん』と呼ぶことにした。それが美和子《みわこ》さんが一番不快にならない呼び方だったからだ。

また魔子《まこ》は俺とお父さんが仲良くなったことで反抗期に突入。白雪《しらゆき》がいるときはいいものの、俺に対しては以前にも増して容赦ない罵詈《ばり》雑言を浴びせてくるようになった。

お父さんは俺と仲良くなった分、美和子《みわこ》さんと魔子《まこ》との関係が悪化している。

そのため小学生のころは、どうやればみんな仲良くなれるか白雪《しらゆき》に相談していた。

「廻《めぐる》くん！　ほら、見て！」

先を行く白雪《しらゆき》が俺を手招きする。

すばな通りを抜けて交差点に出ると、情景が一気に開けた。

湿度の高い風が、頬を撫《な》でる。

――海だ。


幼い俺と、幼い白雪《しらゆき》が手を繋《つな》いで歩いている――そんな幻視が見えた。

ドクンッ、ドクンッ、と心臓が激しく脈を打つ。

脳に痛みなど感じない。

全身を巡るのは高揚と、緊張と……切なさ。

思い出さなければならない。この記憶は怖くない。むしろ怖さとは逆……宝石のように輝いているものだと、本能が告げている。

「……こっち」

『……うん』

『ここで休もうか』

当時の記憶を再現するかのように、白雪《しらゆき》が俺の手を取り、そっと引く。

そして砂浜へと降りる石階段で止まった。

「ここって――」

前方には広大な海。

右斜めに見えるのは江の島と、島へと続く道。

（あっ……そう……だ……）

なぜ俺はこんな大切な思い出を忘れていたんだろうか。絶対に忘れたくないと思っていたはずなのに。

「思い……出した……？」

目の色が変わったのを見てわかったのかもしれない。

白雪《しらゆき》が恐る恐る聞いてきた。

「――ああ」

俺は力強く頷《うなず》いた。

脳裏に広がるのは、小学校の卒業式の日のことだった。

……

…………

……………

『魔子《まこ》ちゃん、廻《めぐる》くん、ずっと仲良くしてくれてありがとね。私、引っ越しても連絡するから、また遊んでくれると嬉《うれ》しいな』

中学生になるタイミングで、白雪《しらゆき》は突如引っ越すことになった。

理由は両親の都合だった。

涙目になっていたから、白雪《しらゆき》自身相当辛《つら》い気持ちなのはうかがえたが、俺と魔子《まこ》のほうがショックを受けていたのかもしれない。

魔子《まこ》は――言葉を失っていた。

俺が才川《さいかわ》家に引き取られておよそ一年半。魔子《まこ》とは同じクラスで、同じ家にも住んでいるからわかるのだが、魔子《まこ》にとって本当の友達は白雪《しらゆき》しかいない。

『才川《さいかわ》さんって、美人だからってお高くとまってるよねー』

『この前、サッカー部の大場くんを振ったんだって！』

『うわっ、何様～っ！』

『あれで頭もいいからホントむかつくよね～』

魔子《まこ》は陰口を叩《たた》かれやすいタイプだった。

味方がいないわけじゃないが、敵のほうが圧倒的に多い。白雪《しらゆき》がいれば多少マイルドになるのだが、先天的に持っているものがあまりに尖《とが》りすぎている。

苛烈な性格、豊かな才能、目立つ容姿。

そのせいで良くも悪くもほとんどの人間に打算が出てしまう。曇りない誠実さを持っているのは白雪《しらゆき》しかいなかった。そして魔子《まこ》はそれを察知するだけの賢さを持ち合わせているだけに、根本的に白雪《しらゆき》しか信じていなかった。

『……そう。残念ね。……とても』

魔子《まこ》が素直に『残念』と言い、しかも『とても』をつけるのは信じられないようなことだ。白雪《しらゆき》以外なら軽く一瞥《いちべつ》して、『向こうが楽しいところならいいわね』と言うくらいがせいぜいだろう。

そして俺は――目の前が真っ暗になるほどうろたえていた。

『そんな……白雪《しらゆき》……』

俺が立ち直れたのも、お父さんと仲良くなれたのも、魔子《まこ》とどうにかやれているのも、すべて白雪《しらゆき》のおかげだ。

感謝と恩は山のようにある。

そんな思いが去来しつつも、俺の心はそうした論理的なことをさておき――

――大好きな白雪《しらゆき》と離れたくない。

という感情に支配されていた。

『白雪《しらゆき》……。嘘《うそ》、だよな……？　そんなことって……』

俺は恐怖のあまり、足が震えていた。

『俺たち、同じ中学に行って、これからも三人で……』

『……ごめんね、廻《めぐる》くん。私もそうしたかったんだけど――』

瞳を地面に落とし、白雪《しらゆき》は口を一文字にした。

『そ、そうだ……！　魔子《まこ》、白雪《しらゆき》が才川《さいかわ》家で下宿するってのはどうだ？　部屋なら俺のところを空けて、俺は物置とかにでも行けばいいし、お父さんには俺が土下座でも何でもするから――』

『……バカね。そんなこと、パパもママも了承するはずがないじゃない』

その通りだった。俺が動転してバカなことを言ってしまっただけだ。

でも――言わずにはいられなかった。

『ありがとね、廻《めぐる》くん……そこまで想《おも》ってくれて……。また電話もするし、電車で二時間くらいのところだから、頑張れば会えるし……』

俺は今、才川《さいかわ》家に引き取られ、食わせてまでもらっているのに、なかなかうまくやれていない未熟者だ。でもちゃんと勉強して、身体《からだ》を鍛えて、心も磨いて、亡《な》き父母や妹に胸を張れる人間になりたいと思うようになっていた。

そうして白雪《しらゆき》とつり合うような人間になれたら、俺は――

そのときこそ告白して――

もし白雪《しらゆき》さえよければ――

(俺は、そんな甘い夢を抱いていたんだ……)

人はいついなくなるかわからない。

それを俺は、誰よりも知っていたはずだというのに……。

『……悪い』

俺は逃げ出した。

白雪《しらゆき》がいなくなる。

その事実に耐え切れず、このまま留《とど》まっていたら当たり散らしてしまいそうな気がしたから。

*

俺は気がつくと、山下公園の石階段にいた。

白雪《しらゆき》が相談に乗り、俺と一緒に泣いてくれた思い出の場所だ。そしてそれからも、よくここで相談に乗ってもらっていた。

無意識に白雪《しらゆき》との思い出深いところに来てしまっていたようだ。

(もう、ここで白雪《しらゆき》に相談することもできなくなるのか――)

相談と言いつつ、白雪《しらゆき》とここで話すことが本当に好きだった。話題は尽きることなく、話せば話すほど白雪《しらゆき》の優しさがわかって、より想《おも》いが募っていく――そんな幸せな時間だった。

離れたくない。別れたくない。

でも自分は、親戚に引き取られている小学六年生でしかない。

圧倒的に無力だった。

『廻《めぐる》くん、やっぱりここにいた……！』

顔を上げると、額に汗をかく白雪《しらゆき》がいた。

『すぐに追いかけたんだけど、足が速すぎて、あっという間に見えなくなっちゃうんだもん』

『白雪《しらゆき》……どうしてここが……』

『私も廻《めぐる》くんの相談に乗り始めて一年くらい経《た》つし……だいぶ廻《めぐる》くんのことが理解できるようになったのかな？　なーんて、実はたまたまなんだけどね、えへへっ』

照れくさそうに頬をかく白雪《しらゆき》を見ているだけで、胸が締め付けられる。

白雪《しらゆき》の傍《そば》にいたい。この笑顔をずっと見ていたい。

もし白雪《しらゆき》が俺の知らない土地で魅力的な男に出会い、惹《ひ》かれてしまったとしたら――

考えるだけで辛《つら》い。苦しくて苦しくて、反吐《へど》が出そうだ。

――それならいっそ、今、すべてから逃げ出したって……。

『白雪《しらゆき》』

俺は目の前に立つ白雪《しらゆき》の手を摑《つか》んだ。

『め、廻《めぐる》くん⁉　どど、どうしたの⁉』

『何も言わず……俺と……行けるところまで……』

俺があまりに真剣な顔をしていたせいだろうか。

白雪《しらゆき》は目を見開き、顔を赤くして視線を逸《そ》らし、スカートをつまんでねじり、十秒近くの沈黙の後、こうつぶやいた。

『……うん、連れてって』

お金はあまりないけれど、できるだけ遠くへ――そんな気持ちを抱いて電車に乗った。

俺はずっと白雪《しらゆき》の手を握っていた。

今、放してしまうと白雪《しらゆき》がどこかへ行ってしまいそうな気がして。

汗ばんでいることさえ構わず、痛みが出ない程度に強く――言葉もないまま、俺たちは電車に揺られた。

そして陽《ひ》が暮れてきて、電車を降り、歩いて……歩いて……。

――たどり着いたのが、江の島だった。

『ここで休もうか』

『……うん』

それが、電車に乗ってから初めてした会話だった。

俺たちは階段に腰をかけて座り、ただささ波の音を聞いていた。

三月だからさすがに海水浴をする人間はおらず、景色を見に来ている人が数組いるだけだ。

（これからどうしようか……）

勢いでここまで来たが、疲労が襲い掛かってきていた。

本当に無計画で、破綻がすぐ見えている。

でもどこかに行かずにはいられない。もう俺には帰る家も、迎えてくれる血の繋《つな》がった家族もいないというのに、あてもなくさまよっている。

『白雪《しらゆき》、さっき漫画喫茶の看板が見えたから、今日の夜はそこにでも行かないか？』

『……うん。廻《めぐる》くんが望むなら』

俺が手を差し出すと、白雪《しらゆき》は頷《うなず》いて摑《つか》み取ってくれた。

だがしかし。

『っ！』

白雪《しらゆき》が立ち上がろうとして顔をしかめた。

原因が足にあることはすぐにわかった。

俺が膝をついて白雪《しらゆき》の靴をそっと脱がすと、かかとが血で濡《ぬ》れていた。

『あはは、何でもないよ。ちょっとすりむいちゃっただけ』

『どこがだよ！　こんなにひどくなるまで我慢してたなんて――』

『……嬉《うれ》しかったの。廻《めぐる》くんが私の手を引いて、連れ出してくれて』

白雪《しらゆき》は俺が掴《つか》んでいた足を引き、傷をハンカチで隠した。

『私は勇気がないから、お父さんやお母さんの言いなりになることしかできなかったの。でも本当は、引っ越しなんてしたくない……っ！　廻《めぐる》くんや魔子《まこ》ちゃんと一緒の中学校に行きたかった……っ！』

『白雪《しらゆき》……』

『ここに来るまで、ずっと夢を見てるみたいだった……。痛みなんてまるで感じなかった……。本当だよ……？　このままどこまでだって行ける気がしたの……』

俺も夢を見ているかのように感じていた。

何も話していないのに、すべてが通じ合っている気がした。

それは俺だけの幻想じゃなかったんだ。

『白雪《しらゆき》。俺、もっと強くなるから……』

どれほど夢のような時間でも、これ以上続けてしまえば白雪《しらゆき》の足はより傷ついていく。

それだけは絶対に許容してはならなかった。

『魔子《まこ》とも自力で仲良くできるよう頑張る……。美和子《みわこ》さんとも……』

『廻《めぐる》くん……』

『もちろん勉強だって……運動だって……お金を稼ぐことだって……なんだってできるようになってやる……。だから……自分勝手な意見だけど……それまで待っていてくれないか……？』

白雪《しらゆき》は息を呑《の》み、両手で口元を覆った。

『きっと迎えに行くから……。そしてそのときはまたこうして手を繋《つな》いで……この海へ来よう……。ダメ、かな……？』

ポロポロと白雪《しらゆき》の大きな瞳から涙がこぼれる。涙は口元にある手を伝い、手の甲から肘へ滑り、地面へと落下していく。

白雪《しらゆき》は意を決したように涙を袖で拭うと、胸に両手を当てた。

それはまるで誓いを示すかのような仕草だった。

『――はい、喜んで』

…………………

……

今、俺の隣に白雪《しらゆき》がいた。

およそ三年前、できる限り逃げようとし——力が足りず断念した場所に、また俺と白雪《しらゆき》は来ていた。

「思い出したよ」

隣に座る白雪《しらゆき》はハッと顔を上げ、目を潤ませた。

「本当に俺はバカだ。どうしてここに来るまでこんな大事な思い出を忘れていたんだろうか。そのことをもし白雪《しらゆき》が許してくれても、俺自身が許せないくらい腹が立つ」

「そんな廻《めぐる》くん、そこまで自分を責めなくても……」

ここに来るまで白雪《しらゆき》は俺が思い出してくれるかどうかきっと不安だっただろう。せっかくの思い出の道のりだったのに、そのことの会話一つできなかった。自分しか覚えていないことを思い知り、悲しかったはずだ。

「でも——」

俺は今、怒りと同時に、それを塗りつぶすほどの強い感情に襲われていた。

「記憶を失っていたのに、今こうして白雪《しらゆき》が——しかも、恋人として傍《そば》にいてくれたことが、たまらなく嬉《うれ》しい……」

「廻《めぐる》くん……」

俺が思い出した記憶では、俺も白雪《しらゆき》も幼くて。

恋人になりたい、付き合いたいと思っていても、あまりにも弱くて。

でも高校生になった今、記憶をなくしていても、白雪《しらゆき》が恋人という事実がある。

思い出せない記憶の中で、俺はちゃんと白雪《しらゆき》と結ばれるだけのことをしたのだ。

「だって奇跡みたいじゃないか。ずっと好きで、どうしても傍《そば》にいたくて、でも一緒にはいられなかったのに……気がついたら、恋人として横にいたんだ。幸運すぎて怖いくらいだ」

三年前の白雪《しらゆき》と、今の白雪《しらゆき》。

その二つの幻影が——一つになる。

成長した白雪《しらゆき》は三年前の面影を残しつつ、より可愛《かわい》らしくなった。それでいて一番の魅力とも言える、見る者を優しい気持ちにさせる穏やかな空気は、いささかも変わらず持ち続けている。

これは、奇跡だ。

俺はその笑顔を見ているだけで幸せになれる気がした。

「ありがとう、白雪《しらゆき》。俺の傍《そば》にいてくれて」

「嬉《うれ》しい……っ!」

白雪《しらゆき》は花のような笑みを浮かべると、俺に抱き着いてきた。

俺は細い腰に手を回し、白雪《しらゆき》の華奢《きゃしゃ》な身体《からだ》を抱きしめた。

「まだ俺、思い出せないこともたくさんあるけど、これだけははっきり言える。俺の初恋は白《しら》雪《ゆき》だった。ずっとずっと好きだった」

「うん、私も！　私も、ずっと廻《めぐる》くんが好きだった！　そしてもちろん――今も大好き！」

白雪《しらゆき》は俺の胸から離れると、熱っぽい眼差《まなざ》しで俺を見上げた。

白雪《しらゆき》の頬は紅潮し、瞳は潤んでいる。

見つめているだけで吸い込まれてしまいそうなほど可愛《かわい》らしい。

白雪《しらゆき》はちょこんと背伸びをし、目をつぶった。

その意味がわからない俺じゃない。

二つの影が一つになる。

長かったのか、短かったのか、まったくわからない。

でも俺たちの唇が離れたとき、どちらともなく熱い吐息が漏れた。

「このまま廻《めぐる》くんに手を引かれて、どこまでも行きたいけど――」

俺は首を左右に振った。

「焦《あせ》る必要なんてないさ。俺たちはまだ始まったばかりなんだ。一歩一歩進めばいい」

「……うん」

行きは手を繋《つな》いでなかった。
しかし帰り道はずっと手を繋《つな》ぎ続けた。
三年前、俺たちの無謀な逃亡は白雪《しらゆき》のケガによってあっけない幕切れとなった。
そのとき止まってしまった俺たちの時間は、今また進み始めたんだ。
手を繋《つな》いでいるのが、その証《あかし》。
今はもうどこにも逃げる必要などない。
もう俺たちは小学生のガキじゃない。
白雪《しらゆき》と力を合わせれば、どんな苦難も乗り越えられる。
そんな気がした。

その四　地獄って、どこから始まっていたのかしら？

＊

俺は小学校時代の記憶を思い出し、白雪《しらゆき》への恋心を改めて自覚した時点でやらなければならないことがあった。

魔子《まこ》に、白雪《しらゆき》と恋人として歩んでいくことを伝えることだ。

未《いま》だになぜ魔子《まこ》が『本当の恋人』と言っているのかわからない。少なくとも小学校時代までの記憶に、その欠片《かけら》となるようなものは微塵《みじん》もなかった。

そうなると俺の中でまたよみがえるのが、『魔子《まこ》が嘘《うそ》をついている』という可能性だ。

ただ嘘《うそ》をついているとは判断しづらい。なぜなら魔子《まこ》のメリットがわからないからだ。むしろ白雪《しらゆき》にバレたら白雪《しらゆき》が傷つくのは確定的なだけに、白雪《しらゆき》との関係を大切にしている魔子《まこ》にはデメリットのほうが大きいように思える。

中学時代以降の記憶が明確でない今、うかつに魔子《まこ》の嘘《うそ》と断定するのは難しい状況だ。

（――だけど）

俺は、白雪《しらゆき》の恋人だ。

白雪《しらゆき》は初恋の人で、今、結ばれているのは奇跡だと感じるほど嬉《うれ》しい。

それだけに途中の記憶がなかろうと、中途半端《ちゅうとはんぱ》な真似《まね》をしたくなかった。

（……事が事だけに、ゆっくり話す時間を取りたい）

そう思って、俺はタイミングを見計らっていた。

そんな月曜日の朝、俺がトイレに行って戻ってくると、仁太郎《じんたろう》がノートを漁《あさ》っていた。

「おっ、さすが廻《めぐる》先生！　ちゃんと予習もバッチリだな！　英訳、写させてもらうぜ！」

「おい、仁太郎《じんたろう》。勝手に何をやってる。写すなら出すものをちゃんと出せ」

「くっ、そこの記憶、覚えていたか……」

仁太郎《じんたろう》が渋々百円玉を渡してくる。

俺はお金を素早く財布に入れた。

「当たり前だ」

「あいかわらず金には厳しいな……」

「お金は力にも自由にもなるからな」

極論かもしれないが、小学校の卒業式の日――白雪《しらゆき》と逃げたとき、俺に一億円の預金の入った銀行カードがあれば、帰らなくても済んだのだ。

お金は大事なもの。たとえ一円であっても、だ。それは俺の脳に刷り込まれていた。

「というか、そもそもちゃんと予習してこい。俺より暇だろう？」

勉強はしなければ身に付かない。朝一で俺のノートを買って写しても、表面上どうにかしているだけ。結果はちゃんとテストで返ってくるのだ。

「いやー、おれの推しが急遽《きゅうきょ》ライブ配信始めちゃってさ」

「十分暇だな。俺は昨日、事務所には行かなかったが、代わりに掃除洗濯夕食作りをしつつ、魔子《まこ》のインタビュー記事の回答を作っていたくらいだぞ」

「魔子《まこ》様の衣類の洗濯はうらやましいな……って、インタビュー記事の回答、お前が考えていたのか？」

「以前は知らないが、少なくとも今回は作ってる」

「何だと！　じゃあもしかして、以前書いてあった、最近始めた趣味の『シルバーアクセサリー作り』は……？」

「それは完全に作り話だな。あいつ、そういうチマチマしたこと嫌いだぞ。もし魔子《まこ》が自作と言って公開しているものがあったとしたら、実は俺が作っていたってのがオチだろうな」

「バカな⁉　おれ、話題を合わせようと思って、この前シルバーアクセサリー作りに必要な一式、買ったばかりなのに⁉」

「ご愁傷様」

「く〜っ！」

「このバカジンタ！　朝からバカなことで騒いでるんじゃない！」

仁太郎《じんたろう》の頭部に強烈なツッコミが入った。

きらりと光るメガネ。やったのは立夏《りっか》だ。

「おはよう、管藤《かんとう》。先にツッコんでくれて助かった」

「おー、おはよう湖西《こさい》。白雪《しらゆき》と一緒に来なかったの？」

「昨日誘ったんだが、断られたんだ」

土曜に気持ちを確かめ合い、日曜は雑用の消化。

そうして迎えた今日なので、本当は一緒に来たかったんだが……。

「ん？」

俺は廊下を見た。

一瞬、白雪《しらゆき》の顔が見えた気がしたからだ。

「どうした、廻《めぐる》？　魔子《まこ》様でもいたか？」

「いや、魔子《まこ》ならむしろ見つけていないフリをするところだが、白雪《しらゆき》がいた気がして」

「お前、さりげなく魔子《まこ》様にひどいよな」

「こんなものだろう」

「白雪《しらゆき》、ねぇ……」

何かを察知したのか、管藤《かんとう》が足音を殺して足を進める。

そして廊下に出たところであっ、と声を上げた。

「白雪《しらゆき》、こんなところで何をしているの？」

「えっ！　わわっ、立夏《りっか》ちゃん！」

出入り口の陰から白雪《しらゆき》の声だけ聞こえてきた。さっき顔が見えた気がしたのは、勘違いではなかったようだ。

「あの、廻《めぐる》くんには、私がいなかったことにしてくれないかな……？」

「それは無理だと思うよ。今も声、聞こえてると思うし」

「そそ、そんな！」

あれ、俺、なんか悪いことしたかな……。

むしろ土曜には仲が深まったと言えるし、昨日もメッセージの返信は凄《すご》く感じがよかったのに……。

「廻《めぐる》、丹沢《たんざわ》ちゃんに何やったんだ？　エロいことか？」

「何でお前の脳は最初にエロと繋《つな》げるんだ？」

「いたたたっ！　ジョークだって！」

軽くアイアンクローをかましたのだが、想定以上に力が強くこもってしまったようだ。俺が手を離したとき、仁太郎《じんたろう》は本気で安堵《あんど》していた。

白雪《しらゆき》がいつまで経《た》っても教室に入ってくる気配がないので、アホなことを言う仁太郎《じんたろう》を捨て置いて俺から顔を見に行くことにした。

「なんだか恥ずかしがっちゃって……」

廊下に出て右下に視線を落とすと、白雪《しらゆき》がしゃがんでいた。

管藤《かんとう》は白雪《しらゆき》の手を引き、立たせようとしている。きっと教室内に引っ張っていこうとしたのだろう。それに抵抗するため、白雪《しらゆき》がしゃがんでいる――という状態のようだ。

俺がそんな白雪《しらゆき》の様子を観察していると、ちらりと白雪《しらゆき》は手の隙間から見上げてきた。

「わっ⁉」

しかし俺と目が合った瞬間、また殻に閉じこもるように顔を隠してしまった。

「白雪《しらゆき》、俺、お前に何か悪いことしたか？」

「あ、あの、そういうわけじゃないんだけど……っ！」

「じゃあどういうことなんだ？」

「ちょっと顔を見られないというか……」

「？　すまん、事情がよくわからないんだが……」

「ふっふっふ～」

何やら意味ありげににやつくのは、管藤《かんとう》だ。

彼女は特徴的な三つ編みを揺らすと、こっそり白雪《しらゆき》の背後に回り、いきなり腰をくすぐった。

「えいっ！」

「管藤《かんとう》、白雪《しらゆき》は何て？」

「あはははっ！」

この不意打ち、避けられるものじゃない。

白雪《しらゆき》は完全に油断したところに攻撃を食《く》らい、身もだえしながら立ち上がった。

そして――俺と正面から目が合った。

「あっ……」

「おはよう、白雪《しらゆき》」

固まっていた白雪《しらゆき》の顔が、びっくりするほど赤くなっていく。

「わわわっ……」

白雪《しらゆき》は顔を隠そうとしているのか、手を突き出して頭の高さでわちゃわちゃし始めた。

「おい、湖西《こさい》。白雪《しらゆき》に何かしたのか？」

管藤《かんとう》が聞いてきた。

「いや、正直思い当たることがなくて……。土曜に気持ちを確かめ合って、本当の恋人になれたと思っていたんだが……」

「ん？」

「え？」

管藤《かんとう》と白雪《しらゆき》の動きが止まった。

表情は正反対だ。管藤《かんとう》は眉間に皺《しわ》を寄せ、白雪《しらゆき》はふにゃふにゃな感じになった。

「な、なにを——っ！　き、貴様ついに、あたしの白雪《しらゆき》に手を出したなーっ！」

管藤《かんとう》がシャツの襟元を締め上げてくる。

一方、白雪《しらゆき》は完全に上の空だ。

「本当の恋人……本当の恋人……えへへっ……」

「白雪《しらゆき》、助けてくれないか？」

管藤《かんとう》を仁太郎《じんたろう》のように力ずくで突き飛ばすことはできない。

なので頼れるのは白雪《しらゆき》しかいなかった。

「あっ……うん！　やめて、立夏《りっか》ちゃん！」

「白雪《しらゆき》！　手を離してくれーっ！　こいつだけは許せないんだーっ！」

「おいおい、立夏《りっか》！　何やってんだよ！」

騒ぎを見た仁太郎《じんたろう》が助け船を出し、ようやく管藤《かんとう》を引きはがすことに成功した。

「ぐるる……」

それでも獰猛《どうもう》な感じの管藤《かんとう》だったが、白雪《しらゆき》が立ちふさがっているのでさすがに飛びかかれずにいた。

「ちらっと聞こえたけど、どこまで進んだんだ？」

仁太郎《じんたろう》が肘で小突いてくる。

「……別に」

「別にじゃねぇよ。教えろよ～」

俺が白雪《しらゆき》に目を向けると、白雪《しらゆき》もまた俺を横目で見た。

「…………」

「…………」

白雪《しらゆき》の頬がどんどん赤くなっていく。

そして視線を逸《そ》らし、ふとその柔らかな唇に触れた。

（……そうか、白雪《しらゆき》は俺とキスしたことが照れくさくて、今日一緒に登校するのを断ったのか）

俺はどちらかというと、鈍感なほうだと思う。

その俺が理解できただけに、仁太郎《じんたろう》と管藤《かんとう》もまた事情を理解したようだった。

「……なるほど、な」

「……そういうことだったのね」

幼なじみコンビは頷《うなず》き合うと、ともに指をゴキゴキと鳴らした。

「――やるぞ、立夏《りっか》！」

「――うん、ジンタ！」

「お前ら仲いいな」

俺がツッコむと、管藤《かんとう》が顔を赤くして仁太郎《じんたろう》の頭を叩《たた》いた。

「そんなんじゃないって！」

「なんでおれを叩《たた》くんだよ！」

　この二人、さっさとくっつけばいいのにと思ったが、たぶん言えば管藤《かんとう》に殺されるので自重することにした。

＊

　放課後、俺が自分の席でスマホをチェックしていると、掃除を終えた仁太郎《じんたろう》が話しかけてきた。

「あれ、お前が放課後ゆっくりしてるなんて珍しいじゃん」

　仁太郎《じんたろう》の言う通り、俺が放課後、教室に残っているなんてあまりない。

　だいたい魔子《まこ》と事務所に寄って行くし、なくても家事がたまっているためだ。

「今日は事務所には行かないのか？」

「行く予定だが、集合がいつもより二時間遅いんだ」

「二時間？　暇ならたまにはゲーセンでも行こうぜ」

「悪くない提案だが、魔子《まこ》が空いた時間にカラオケ行きたいって言ってるんだ」

「えっ⁉　魔子《まこ》様とカラオケ⁉」

「ああ。白雪《しらゆき》も入れて三人でな。今、魔子《まこ》待ちなんだ。職員室に用事があるらしくてな」

「おれも行きたい！」

もしかしたらと思っていたら、やっぱりそう言い出したか……。

「魔子《まこ》様の歌声、聞いてみたい！」

「いや……魔子《まこ》がどう言うか……」

「おれから聞くからさ！」

「お前以前、話しかける自信がないとか言ってなかったか？」

「そりゃ恐れ多いけど、歌声聞きたいし、おれ、歌に自信があるからアピールできるかもしれないし！」

困った。これはよくない展開だ。

俺の目の端に白雪《しらゆき》と管藤《かんとう》が見えているのだが、管藤《かんとう》の表情が明らかに険しくなっている。

白雪《しらゆき》も状況がよくないことに気がついているのだろう。苦笑いをしている。

仁太郎《じんたろう》には以前も同じパターンがあったのだから、自分で気がついて欲しいのだが……。

「あのな、仁太郎《じんたろう》。お前はもう少し周りを見るべきだぞ」

「周りってなんだよ？　もう魔子《まこ》様がいるとか？」

「そうじゃなくてだな……」

どうして仁太郎《じんたろう》は気がつかないんだろう。

管藤《かんとう》はどう見ても、仁太郎《じんたろう》に気があるというのに。

「このバカジンタ！」

有効な手を打つ前に、管藤《かんとう》が来てしまった。

これで場が荒れるのは必至だ。

「いってぇ！　何だよ、立夏《りっか》！　カバンで頭叩《たた》くな！」

「あんたがバカなこと言ってるからでしょ！」

「どこがバカなんだよ！」

「才川《さいかわ》さんがあんたなんか相手にするはずないでしょ！」

「そりゃそうかもしれないけど……わかんねーだろうが！」

白雪《しらゆき》が俺の横に寄ってきて囁《ささや》く。

「始まっちゃったね」

「何とかならないもんかな……」

「こればっかりは誰が悪いってわけでもないから難しいよね……」

そうなのだ。

管藤《かんとう》が仁太郎《じんたろう》に惹《ひ》かれるのは悪くない。

仁太郎《じんたろう》が魔子《まこ》に惹《ひ》かれるのも悪くない。

誰が誰を好きになっても悪くない。

でも、現実としてそのせいで喧嘩《けんか》が起こってしまうのだ。

俺と白雪《しらゆき》が様子をうかがっていると、背後から声をかけられた。

「何やってんの、あんたたち」

クラスがざわめく。そのことで誰がいるのかわかった。

「魔子《まこ》」

「魔子《まこ》ちゃん」

「魔子《まこ》様!?」

仁太郎《じんたろう》は振り返ると、物凄《ものすご》い勢いで近づいてきた。

「あ、あの、魔子《まこ》様！　おれ、彦田仁太郎《ひこたじんたろう》です！」

「……メグルと仲がいいのよね。たまに会話で名前が出ているから知ってるわ」

「おれの名前を知っていてもらえるとは……嬉《うれ》しいです！」

「……そう」

魔子《まこ》はカールした髪を人差し指に巻き付けてクルクルと回す。

これ、興味がないことを示す癖だ。

「今日、廻《めぐる》たちとカラオケ行くんですよね！　よければおれも一緒に行かせてください！」

頭を深々と下げる仁太郎《じんたろう》を、魔子《まこ》は冷めた視線で見つめた。

そしてあからさまなため息をついて、つぶやく。

「悪いけど――」

「じゃあ、わたしも一緒に行っていい？」

魔子《まこ》の言葉を封じるように、管藤《かんとう》が割って入ってきた。

「ね、才川《さいかわ》さん、いいでしょ？」

「あんたは……」

「管藤立夏《かんとうりつか》。白雪《しらゆき》の親友なの～！」

管藤《かんとう》は見せつけるように白雪《しらゆき》を抱きしめた。

「あれ、もしかして才川《さいかわ》さんって、白雪《しらゆき》と仲がいいのに、わたしが白雪《しらゆき》の親友って知らなかったの～？　意外～」

ダメだ。これはよくない。

魔子《まこ》と管藤《かんとう》――二人の間で火花が散っている。

魔子《まこ》には基本的に白雪《しらゆき》しか友達がいない。表面上の友達はいるが、心を許した親友と言えるのは白雪《しらゆき》だけだ。

それを、おそらく管藤《かんとう》は理解している。理解したうえであえて『親友』という単語を使って挑発してきた。

管藤《かんとう》が魔子《まこ》に敵意を持つ理由は、おそらく仁太郎《じんたろう》に好かれているからだ。

魔子《まこ》は仁太郎《じんたろう》にたぶんこれっぽっちも興味がない。そのこと自体は管藤《かんとう》にとっては悪い展開ではないはずなのだが、自分の好きな仁太郎《じんたろう》が目の前でぞんざいに扱われたことに、カチンと来たのだろう。

管藤《かんとう》の当てこすりに気がつかないほど、魔子《まこ》は鈍くなかった。

「あら、そう。だけどごめんなさい。今日は小学校からの……幼なじみだけのカラオケ会なの。邪魔、しないでもらえるかしら?」

「べっつに、幼なじみとかこだわらなくてもいいんじゃないの? そういうことしてると、新しく友達ができなそうだし」

新しく友達ができなそうとは、なかなか痛烈だ。

魔子《まこ》は目つきを鋭くすると、管藤《かんとう》の顔を見て、次に仁太郎《じんたろう》に視線を移した。

「それ、あんたにそっくり言葉を返そうかしら?」

そのうえでくすり、と笑う。

仁太郎《じんたろう》のみはてな顔だが、それ以外のメンツはこの露骨な行動の意味を十分に理解しただろう。

管藤《かんとう》と仁太郎《じんたろう》が幼なじみであることはおそらく俺か白雪《しらゆき》が話したことがあり、魔子《まこ》は知っていたに違いない。そのうえで管藤《かんとう》が仁太郎《じんたろう》を好きなことを見抜き、『あんた、幼なじみが好きみたいだけど、それってどうなの?』と嘲笑《あざわら》ったのだ。

「才川《さいかわ》さんさぁ! そういうこと言う!」

「そういうことって、どういうことかしら？　はっきり言ってくれないとわからないわね」

「とぼけるのもいい加減にして！　あんたみたいなのに言われたくないんだけど……！」

「あらあら、ひどいこと言うのね。白雪《しらゆき》、友達を選んだほうがいいかもしれないわよ？」

「それ、こっちのセリフ！　だってあんた、父親を――」

その瞬間、空気が凍り付いた。

白雪《しらゆき》が目を見開き、管藤《かんとう》はしまったとばかりに口を手でふさぐ。

「っ！　よくも言ったわね！」

魔子《まこ》が激昂《げきこう》する。

その姿を見て――ズクンッ、と脳がうずいた。

記憶の欠片《かけら》が無数に入り乱れ、強制的に一つの光景が引っ張り出される。

……見えたのは、涙を流す魔子《まこ》だった。

これは悲しみの涙じゃない。やりきれない怒りを抱え、あふれ出たことによる涙だ。

『あんたがあたしの大切なもの、全部奪っていった！　あんたが来なければ、パパはあたしだけを見ていた！　パパとママはこんなに喧嘩《けんか》するようにならなかった！　シラユキはあたしだけの味方だった！』

……この記憶は何だろうか。

（俺は──魔子《まこ》に恨まれている……？）

ズクンッ、ズクンッ、と鼓動に合わせて頭の奥底がきしむ。

大まかに理解はできる。

俺が才川《さいかわ》家に来たせいで、お父さんと魔子《まこ》は仲が悪くなり、お父さんと美和子《みわこ》さんもぎくしゃくするようになった。白雪《しらゆき》も魔子《まこ》だけのものではなくなった。

（いつの記憶だ……？）

今の俺は、魔子《まこ》からこんな罵倒を受けるほど関係が破綻していない。逆に『本当の恋人』と言われていたりするくらいだ。

（これほど関係が破綻していたのに、俺と魔子《まこ》は『本当の恋人』になったのか……？）

わからないけど、一つ気になっている部分がある。

管藤《かんとう》がなぜ『父親』という単語を出したか、だ。

「魔子《まこ》、管藤《かんとう》が言っていた父親って、お父さんのことか？」

「──っ！」

魔子《まこ》が強烈な反応を示したのは、意外な部分だった。

「……あんた、パパのことを、お父さんって……」

そっか、前にお父さんについて話したとき、まだ『おじさん』って言ってたっけ。

『……おじさん、ね』

ああ、今ようやくわかった。

俺が初めて魔子《まこ》に才川《さいかわ》家のお父さんのことを聞いたとき、魔子《まこ》はすぐに俺の記憶がないことを理解した。

当然だ。俺は元々お父さんと呼んでいたのだから。しかも、お父さんと呼ぶまでに『キャッチボール作戦』があり、その後の魔子《まこ》と美和子《みわこ》さんの反発があった。

これだけのことと密接に関連した呼び名を俺が使わなかったのだ。記憶がなくなっていることを理解するのに十分な証拠と言えた。

「お前、確かお父さんは遠いところにいるって言ってたが、どうして管藤《かんとう》が知っている風なんだ……？」

俺が魔子《まこ》の肩に触れると、魔子《まこ》は俺の手を弾《はじ》き飛ばした。

「うるさいわね！　あんたは黙ってて！」

そしてそのままの勢いで管藤《かんとう》をにらむ。

「あんたが余計なことを言わなければ……っ！」

「それ、こっちのセリフなんだけど……っ！」

一触即発の場。

さすがにまずいと思い、俺は仁太郎《じんたろう》と顔を見合わせて頷《うなず》き合った。

こうなれば力ずくでも二人を離したほうがいい。

そう思って近づこうとしたところ、

「――やめて！」

目が覚めるような一喝。

間に割って入ったのは、白雪《しらゆき》だった。

教室内に残る人間は魔子《まこ》と管藤《かんとう》の喧嘩《けんか》に注目していたが、白雪《しらゆき》が大声を出すことなんてめったにないだけに、大きな動揺が広がっていた。

「魔子《まこ》ちゃん、立夏《りっか》ちゃん、それ以上喧嘩《けんか》はやめて」

落ち着いた――でも怒気をはらんだ声で、白雪《しらゆき》は諭す。

「まず……魔子《まこ》ちゃん」

「な、何よ」

「魔子《まこ》ちゃんが彦田《ひこた》くんに興味がないのはわかるよ？　でも凄《すご》く感じが悪かった。そういうの、よくないと思う」

「ちょ、おれ、まったく興味持たれてないの⁉」

この場を落ち着かせるチャンスだ。

俺はすかさず白雪《しらゆき》のサポートに回ることにした。

「正直なことを言うと、興味を持たれていないどころか、近づかないで欲しいとさえ思われているだろうな」

「ひどい！　おれ、悪いことした⁉」

「いや、魔子《まこ》はほとんどの人間に対してそんなものだ。お前が悪いっていうより、話したいなら、それを理解したうえで慎重に行動しろ」

「うっ……そう言われると……」

そう、別に魔子《まこ》が冷たいのは仁太郎《じんたろう》だけじゃない。ほとんどの男に対して、だ。

このセリフは仁太郎《じんたろう》より、むしろ管藤《かんとう》に冷静になって欲しくて言った言葉だった。

白雪《しらゆき》は俺のフォローに満足したのか、一度俺に微笑《ほほえ》むと、眉をキリリとさせて魔子《まこ》を見上げた。

「魔子《まこ》ちゃん、立夏《りっか》ちゃんは彦田《ひこた》くんと幼なじみだから、そういうところに腹を立てて嫌なこと言っちゃったの。魔子《まこ》ちゃんだって、私や廻《めぐる》くんが嫌なことされたら怒るでしょ？」

「ま、まあ、それは……」

「それと同じ。だから彦田《ひこた》くんと立夏《りっか》ちゃんに謝って」

魔子《まこ》が完全に押されている。

こうしてぶつかったとき、多くの人間は気の強い魔子《まこ》が勝つと思うだろう。

だが実は違う。小学生のころから圧倒的に白雪《しらゆき》のほうが強い。

理由も明白で、白雪《しらゆき》のほうが大人で正論なためだ。

今だって、魔子《まこ》の仁太郎《じんたろう》への扱いが悪すぎた。もう少し大人なら、表面上だけ取り繕って流すことができたはずだ。

そのため理論武装で白雪《しらゆき》に勝てない。また魔子《まこ》は、白雪《しらゆき》が口先でごまかされないことを知っている。

「うっ……」

魔子《まこ》はあからさまにたじろぐと、少し迷いつつも、頭を下げた。

「……ご、ごめんなさい。あたしが失礼なことをしたわ」

仁太郎《じんたろう》と管藤《かんとう》が目を丸くしている。気位の高い魔子《まこ》がこんなことをするとは思ってもみなかったのだろう。

俺は思い出してきていた。

白雪《しらゆき》は魔子《まこ》の『外付け良心回路』なのだ。

孤立しがちな魔子《まこ》だが、白雪《しらゆき》がいると良心を取り戻す。だからこそ小学生のとき、魔子《まこ》は白《しら》雪《ゆき》といれば多くの人が寄ってきていたし、幸せそうだった。

逆に中学生になり、白雪《しらゆき》が引っ越した後は孤独になっていた。

「彦田《ひこた》くんにはさっき廻《めぐる》くんが言ってくれたからいいとして……立夏《りっか》ちゃん」

「うん。立夏《りっか》ちゃんも言い過ぎだった。魔子《まこ》ちゃんが謝った以上、立夏《りっか》ちゃんも謝って」

「わたし⁉」

「……まあ、確かに……」

魔子《まこ》がちゃんと謝ったことで、管藤《かんとう》も毒気が抜かれたらしい。

「ごめんなさい。わたしも言い過ぎた」

「……」

魔子《まこ》の管藤《かんとう》への視線を見る限り、あまり好きではないのがわかる。二人の相性はよくないのだろう。

しかし白雪《しらゆき》がいる手前、これ以上、事を荒立てるのはやめた。

「じゃ、これで喧嘩《けんか》は終わりね！」

結局、白雪《しらゆき》は満面の笑みで場をまとめてしまった。

この太陽のような魅力は、俺にも魔子《まこ》にもないものだった。

*

結局、白雪《しらゆき》主導のもと、俺、魔子《まこ》、仁太郎《じんたろう》、管藤《かんとう》の五人でカラオケに行った。

「……まったく、白雪《しらゆき》にはかなわないわね……」

仁太郎《じんたろう》が歌っているとき、隣の魔子《まこ》がボソッとつぶやいた。

「ホントにな」

「え？　私について何か言った？」

白雪《しらゆき》が魔子《まこ》に顔を寄せる。

魔子《まこ》は白雪《しらゆき》の頭に手をのせて撫《な》でた。

「……何でもないわよ」

姉が妹をあやすような仕草だった。

魔子《まこ》の瞳は、普段のわがままお嬢様の鋭さがまるでなく、とても優しい。

魔子《まこ》の表情を見て、仁太郎《じんたろう》や管藤《かんとう》が驚いているのが見えた。

もしかしたら——と思う。

魔子《まこ》は白雪《しらゆき》のようになりたかったのかもしれない。

魔子《まこ》と白雪《しらゆき》はあまりにも正反対だ。

しかし心のどこかで、心優しく、まっすぐ太陽のように生きていきたい——そんな想《おも》いが魔《ま》子《こ》の中にあるのかもしれない——そう感じた。

ただ、そんな推測を抜きにしても、以前からはっきりしていることが一つある。

——魔子《まこ》は、白雪《しらゆき》が大好きなのだ。

＊

俺の記憶はまだまだ足りないところがある。

特に中学時代がすっぽり抜けたままだ。

白雪《しらゆき》が転校し、俺と魔子《まこ》はどんな学校生活を送ったのか、まったく思い出せない。

また何がきっかけで魔子《まこ》と『本当の恋人』になったのか、それなのに白雪《しらゆき》と付き合っている事情とは、そもそも俺の記憶喪失のきっかけとなった交通事故って偶然なのか――といったことなど、謎は無数にある。

今までの傾向として、思い出すきっかけは単純に、思い出の場所に行ったり失っている記憶についての会話をしたり――というのが有効のようだ。

例えば『白雪《しらゆき》が俺の本当の家族について話したことで、交通事故のことを思い出した』とか、『江の島に行ったことで、駆け落ちについて思い出した』とかだ。

「……俺、白雪《しらゆき》にたくさん迷惑かけてるよな」

俺は白雪《しらゆき》に告白してから、時間を見つけて二人になれる時間を作っていた。

家事や魔子《まこ》のマネージャーもあるからまとまった時間はなかなか取れないが、今日のように魔子《まこ》に用事があるときなど、二人で一緒に帰っている。

「え、そんなことないよ？」

「でも、まだ思い出せないことたくさんあるし」

「何度も言うけどね、焦《あせ》らなくていいよ、廻《めぐる》くん。こうしていられるだけで、私は凄《すご》く幸せ」

白雪《しらゆき》が、幸せであることを強調するかのように、繋《つな》いだ手をぎゅっと握る。

かつて俺が初めて白雪《しらゆき》に恋心を自覚した山下公園の石階段で、俺たちは手を繋《つな》いで座っていた。

「ありがとな。……俺も、幸せだ」

「……うん」

白雪《しらゆき》がしなだれかかってくる。

俺の肩に白雪《しらゆき》の頭がのり、俺と白雪《しらゆき》は同じ視点で夕日を眺めていた。

潮の香りが鼻腔《びこう》を刺激する。空と海が茜色《あかねいろ》に染まる中、汽笛の音が鳴り響き、胸にじんときた。

美しい景色を、大好きな人と一緒に見られる。

ただそれだけのことが、俺にとっては泣きそうなほど幸せなことだった。

「俺たちのこと、ちゃんと魔子《まこ》に伝えなきゃな」

「うん、そうだね。まず私が話すから、廻《めぐる》くんはその後でいい？」

「ああ」

白雪《しらゆき》と魔子《まこ》が親友なことに俺は疑いを持っていないが、二人ならではの呼吸もあるだろうし、白雪《しらゆき》に任せることにしよう。

そう決めたとたん、最近抱えている疑問が口をついて出た。

「俺ってさ、魔子《まこ》に嫌われてるのかな」

「え？　どうして？」

「この前、関係が完全に破綻するような言葉を言われた記憶がよみがえってきて」

魔子《まこ》が激昂《げきこう》したときに思い出した記憶。

『あんたがあたしの大切なもの、全部奪っていった！　あんたが来なければ、パパはあたしだけを見ていた！　パパとママはこんなに喧嘩《けんか》するようにならなかった！　シラユキはあたしだけの味方だった！』

何度考えても、こんなこと言われて『本当の恋人』になるなんておかしい。

セリフだけ見れば、憎悪《ぞうお》の塊だ。恨まれていると考えることができても、愛されているとは到底思えない。

「……私が転校していた中学時代——廻《めぐる》くんと魔子《まこ》ちゃんに、大変なことがあったことだけは知ってる」

「でも、私が知っているのは結果だけ。二人がどんな気持ちで、その結果にたどり着いたかまでは知らない」

「白雪《しらゆき》は、魔子《まこ》にそのときのことを聞かなかったのか？」

「……聞けない。恐ろしくて」

「おそ、ろしい……？」

白雪《しらゆき》で聞けないのであれば、誰が聞けるのだろうか。

それほどの記憶が、おそらく俺の中に眠っている。

背筋がぞくりとした。

「大丈夫だよ、廻《めぐる》くん。私は、ずっと、何があっても、廻《めぐる》くんの味方」

震えていたのだろうか。

白雪《しらゆき》は空いた手で、俺の膝を撫《な》でた。

「魔子《まこ》ちゃんはね、廻《めぐる》くんのこと好きだよ」

「そうか……？」

「あと、私のことも好き。それで、私は廻《めぐる》くんも魔子《まこ》ちゃんも好き」

「大団円だな」

「そうだね。大団円にしたいからこそ、ちゃんと話さなきゃ」

「……そうなのか」

白雪《しらゆき》の真意こそ見えないが、中身を聞かなくても誠意は感じられる。

俺の心は、一つの想《おも》いでいっぱいになった。

「俺、白雪《しらゆき》のことが好きだ」

「私も」

幸せなひととき。

確信できる。魔子《まこ》が『本当の恋人』と言おうと関係ない。

俺は白雪《しらゆき》のことを愛している。

だからこそ、この時間を守りたい。

そう思った。

＊

俺が白雪《しらゆき》との関係を魔子《まこ》に告げる機会が訪れたのは、さらに数日後のことだ。

この前日、白雪《しらゆき》から魔子《まこ》に説明したとの連絡を受けた。今度は俺からも話そうと予定を確認したところ、この日はモデルの仕事もなく、俺と魔子《まこ》は久しぶりに家で夕食をとることになっていた。だからちょうどいいと思った。

俺は魔子《まこ》の機嫌を取るため、好物であるパクチーをたっぷり使ったサラダを用意し、メインにはボンゴレビアンコを据えた。ただ魔子《まこ》は炭水化物を制限しているので、麺を少量にし、アサリを中心に取り分けるといった配慮付きだ。

なお、俺は食べ物に制限を加えていないし、元々筋トレをかなりしていたことがトレーニング手帳から発覚したので、遠慮なく食べることとしている。

「まったく、あいかわらずよく食べるわね」

俺は外で食べるより、家でのほうがよく食べる。

外食の場合はわざわざ大盛りにすることはないと判断してしまうし、お腹《なか》がいっぱいにならなくてもまあいいと思ってしまうからだ。

その点、家だと二人分も三人分も作る労力はあまり変わらないから、やや多めに作ることにしている。

「お前はそれだけで足りるのか？」

食べるのは基本的に野菜ばかり。肉は脂肪が少ないものを、魚と貝は食べるけれど、米や小麦はほとんどなし。俺から見れば、ウサギみたいだと感じてしまう。

「バカ。足りるわけないじゃない。ただあたしの美しさが落ちることは、他の人が許してもあたしが許せない……ただそれだけ」

自分に厳しいとはちょっと違うか。

美しさへのプライドが高いのだ、魔子《まこ》は。

……まあ、そのおかげでモデルとして成功し、この食事も魔子《まこ》が稼いだお金で買っているので文句は言うまい。

「飯の後、ちょっと話があるんだ」

「は？　今更あたしを口説いてどうするわけ？　まさか――」

魔子《まこ》はシャツの胸元を手で隠した。

俺が夕食を作っている間に魔子《まこ》は風呂《ふろ》に入り終えているので、かなり油断した格好ではあるのだが……今になって胸元を隠すなんて、それこそ『今更』だ。

「この性欲モンスター。あんた、枯れ果ててると思っていたけど、そういえば一応男子高校生でもあったわね。……そうね。わかった、わかったわ。足にでもキスをさせてあげるから、それで我慢しておきなさい」

「お前、俺と『本当の恋人』って言ってなかったか？」

今の会話だけでも、俺の中で『本当の恋人』が魔子《まこ》の嘘《うそ》である可能性がぐんと高くなったんだが。

俺が疑わしい目つきで眺めていると、魔子《まこ》は平然とした顔でテーブルの下から蹴ってきた。

「現代の恋人の形は幅が広いわよ？　下手な思い込みは見識の狭さを露見させるだけだから自重しておきなさい」

「お前が俺を性欲モンスター呼ばわりしたことは偏見じゃないのか？」

「それは偏見ではなく慧眼《けいがん》と呼ぶべきものよ」

俺はため息をついた。屁理屈《へりくつ》では魔子《まこ》に勝てそうにない。

「……話はいいんだな？」

「……少しだけ付き合ってあげる。先に洗い物を終わらせておきなさい」

「わかった」

魔子《まこ》は俺より先に食事を終えると、スマホを触り始めた。それを横目に俺は食事をかきこみ、手早く洗い物をし、食器を片付けた。

俺が魔子《まこ》の向かいに腰を下ろすと、魔子《まこ》はそっとスマホをテーブルに置いた。

「話の内容はわかってるわ」

魔子《まこ》の視線は、スマホを見ていたときと同様まったく別のほうを向いている。

「シラユキとのことでしょ？」

「……ああ。よくわかったな」

昨日白雪《しらゆき》が話したと言っていたから、魔子《まこ》はすぐにピンと来たようだ。

「思い出の江の島にまた行けたらしいわね。それで、あんたの記憶もそれに関することはよみがえった。合ってるかしら？」

「……ああ」

「また付き合い始められておめでとう。まあ元々付き合っていたはずだけど、あんたは忘れてしまっていたものね？」

魔子《まこ》が軽く手を叩《たた》いた。

表面上は祝福している。だが口調が皮肉たっぷり。バカにしていると言っているようなものだった。

「なんでそういう言い方するんだ？　お前、白雪《しらゆき》と親友じゃないのか？」

「ええ、親友よ。だからあんたみたいなやつと付き合うことを気の毒に思ったのよ」

「……白雪《しらゆき》にも、そういう風に言ったのか？」

「バカじゃないの？　言うはずないじゃない。きちんと祝福したわよ」

俺はため息をついた。

「あのな、そういう誤解するようなこと言うなよ」

「誤解って何よ」

「俺は、お前が白雪《しらゆき》の親友だって知ってる。なのに矛盾した言動が多すぎる」

「あんたをちょっとからかっただけじゃない」

「それだ」

俺はしっかりと魔子《まこ》の目を見据えた。

だがしかし、魔子《まこ》は俺と目を合わそうとしない。

「俺はお前がどこまで本気で、どこまで冗談なのかわからない」

「好きに判断すれば？」

「そういうわけにもいかない。だってお前は俺の『本当の恋人』と言っている。冗談で流せる内容じゃない」

「あ、そ。それで？」

「お前がもし、俺のことを本気で『本当の恋人』と言っていたら……俺の感性から言えば、お前は白雪《しらゆき》との友情を裏切っている。……いや、それを言うなら、今の俺も白雪《しらゆき》を裏切っている――か」

そう、これが今日俺の話したかったことだ。

「――俺は白雪《しらゆき》が好きだ」

ごまかしがきかないよう、俺ははっきりと告げた。

「……知ってる」

「初恋だった。まだ小学校時代しか思い出せていないが、中学生になり、白雪《しらゆき》が転校してしまっても、俺は白雪《しらゆき》がずっと好きだったと確信している」

「……それも知ってる」

「今、こうして記憶をなくしているのに、白雪《しらゆき》が傍《そば》に……しかも恋人としていてくれることが、奇跡みたいに思えるんだ。俺は白雪《しらゆき》に、後ろ暗い思いなんてなく、ちゃんと向かい合いたい」

「……あたしのこと、後ろ暗いんだ」

「恋人がいるのに、裏に『本当の恋人』がいれば後ろ暗いに決まってる。なぜそんなことになっているか思い出せてないが、正常な関係じゃない」

「……あたしとあんたが、正常な関係だったことなんて、ない」

「そうなのかもしれない。だけど俺は白雪《しらゆき》を大切にしたいんだ。白雪《しらゆき》の笑顔が曇るようなことをしたくない。だから――」

「知ってるわよ！」

バンッ、と魔子《まこ》はテーブルを叩《たた》いて立ち上がった。

白雪《しらゆき》のことを話し始めて、初めて魔子《まこ》が俺を見る。

その瞳は――憎悪《ぞうお》に燃えていた。

「ごちゃごちゃうるさいわね！　あたしが知ってるって言ってるんだから、一回でわかりなさいよ！」

「わかるわけないだろ！　まだ取り戻していない記憶も多いんだから！」

「わかってないならせめて黙ってなさいよ！」

「そういうわけにはいかないだろ！」

「あいかわらず細かいところを気にして！　うるさい男ね！」

「俺に愛想《あいそ》が尽きたならそう言えばいいだろ！」

「バカじゃないの！　あんたはわかってない！　本当に……わかって、ない……」

今、魔子《まこ》の中でどんな想《おも》いが廻《めぐ》っているのだろうか。

怒りは急速にしぼみ、泣きそうにも見える。

魔子《まこ》は明後日《あさって》の方向を見たまま、椅子に腰を下ろした。

その横顔が恐ろしく疲れ果てている。にもかかわらず苛烈さを内包していて、揺らめくような生命の光が魔子《まこ》を彩《いろど》り――今まで以上に冴《さ》えわたる美しさを放っていた。

「地獄って――」

「えっ？」

「どこから始まっていたのかしら？」

「魔子《まこ》……」

「あんたが引き取られてきたとき？　シラユキが引っ越してしまったとき？　それとも――」

魔子《まこ》の瞳から、涙が一筋こぼれ落ちた。

「――今ここが、本当の地獄の入り口なのかしら」

俺は、二の句が継げなかった。

魔子《まこ》は立ち去る際、『あんたはあたしの言うことなんて無視して好きにやればいいわ』と言った。

俺の白雪《しらゆき》への気持ちは変わっていない。だから俺は白雪《しらゆき》の恋人として自覚し、ふるまうつもりだ。

しかしだからといって、魔子《まこ》をまったく無視することもできない。

俺はどうすればいいのだろうか。俺の思い出せない記憶が鍵を握っているのだろうか。

だとすると、思い出さなければならないだろう。

白雪と正式な恋人となった今、記憶障害という安寧のときは許されなくなってしまったのだ。


『すぐに思い出せないってことは、きっとまだ時期が来ていないってことなのよ』

『そんなこと、あるのか？』

『さあ。でも何となく意味はわかるわ』

『どういうことだ？』

『心の準備ができていないってことよ』


魔子《まこ》の言っていた時期が近づいてきているということなのかもしれない。

そのときはそのぐらいに考えていた。

しかし翌日――

一つの再会によって、タイムリミットの訪れは明らかとなった。


「やぁ、メグルくん、久しぶり！」

夕方の自宅前。

うっすらひげを生やした軽薄そうな男に声をかけられた。

年は三十前後といったところか。フットワークの軽そうな人だった。

「あの……すいません。どなたですか？」

「えっ⁉　おれだよ！　古瀬《こせ》佐《たすく》！　ちょっとちょっと、忘れちゃったのかい？」

「あの、実は俺、事故で記憶障害がありまして、そのせいでおそらく……」

「ええっ⁉」

古瀬《こせ》さんはわざとらしいと思えるほどの大げさな驚き方をした。

「じょ、冗談じゃないよな？」

「はい。事実です。事情を知る人間を連れてきたほうがいいですか？　魔子《まこ》ならたぶん三十分後くらいに帰ってきますが」

「その生真面目さ、メグルくんに間違いない……。メグルくんならこういう冗談は言わないし……だからスマホに連絡しても返信が全然なかったのか……」

「スマホは事故で壊れてしまったみたいで。新しいのを使ってるんですよ」

「あちゃ～……でも事故で記憶障害って……君の身体《からだ》は大丈夫なのかい？」

「ええ。中学以後のことはまだあまり思い出せていないのですが、身体《からだ》は健康です」

「健康なら何よりだ。なぁに、記憶なんて次第に思い出せるさ。君の中学生時代のことなら、おれも多少は知ってるし」

この口ぶり、古瀬《こせ》さんは中学生時代に知り合った人のようだ。

「……ああ、でもペラペラと話していいのかな？」

「医者の先生には、様子を見つつ、少しずつ思い出していけばいい、と……。ただ警戒している記憶もあるようなので、今すぐここでは……。いろいろ聞きたいこともあるんですが、また今度……先生に相談してからでいいですか？」

「もちろん構わないよ。あ、とりあえず連絡先を交換しておこう」

「そうですね」

手早く連絡先を交換した俺は尋ねた。

「そういえばなぜ今日、俺を訪ねてきたんですか？　何か用事でも？」

「いや、単純に連絡が取れなかったからさ。前は週に一度くらいは連絡を取っていたし、君は必ずその日のうちに返信してくれる几帳面《きちようめん》な性格だった。なのに一か月以上返信がなかったから、さすがに気になってね。暇ができたから来てみたというわけさ。おそらくスマホを壊してしまったんじゃないかなくらいに思ってたんだけど、記憶障害はさすがに予想外だったよ」

「自分でも記憶障害はちょっとびっくりなので……」

「それを淡々と言っちゃうところが君らしいなぁ……」

わははと笑う古瀬《こせ》さんは、凄《すご》く感じがいい。当初は軽そうな外見だと思ったが、親しみの感じる語り口を聞いていると、フレンドリーな人なんだということがわかってきた。週に一度くらい連絡していたあたり、俺はたぶんこの人のことを気に入っていたんだと思う。

と、そんなことを考えていたところ。

「――古瀬《こせ》!?」

両手に買い物袋を抱えた魔子《まこ》が現れた。

俺と魔子《まこ》は今日事務所に行き、駅までは一緒にいたのだが、魔子《まこ》が服の新作を見ていきたいと言ったので俺だけ先に帰ってきていたのだ。

「やぁ、マコちゃん久しぶり。あいかわらず美人だね～。モデルでの活躍ぶり、おれの耳にまで届いてるよ」

「……それはどうも」

知り合いのようだが、魔子《まこ》は仏頂面《ぶっちょうづら》だ。

「おれ、前からマコちゃんには嫌われてて……」

古瀬《こせ》さんが俺に耳打ちする。

魔子《まこ》らしくて、ため息が出た。

「まあ、魔子《まこ》は大半の人間を敵視しているところがあるので……」

「うんまあ、わかってるから大丈夫。おれ、職業柄そういうの気にしないから」

「職業柄？」

「二人とも、何こそこそ話してるのよ！」

魔子《まこ》が鬼の形相で歩み寄ってくる。

俺がどうあしらうか悩んでいたところ、古瀬《こせ》さんが横からつぶやいた。

「フリーのジャーナリスト。君と出会ったのも、この職業が縁だったね」

ぐるり、と世界が回転した気がした。

ジャーナリスト。取材して記事を作る人。

俺の人生で、記事になるようなことって何かあっただろうか……。

「それって、俺の家族のことですか……？」

「うん、まあ……ね。って、メグルくん、顔が真っ青だよ⁉」

「あ、いえ——」

動悸《どうき》が激しくなっていた。

心臓が訴えている。

思い出してはいけない。

心が訴えている。

思い出さなければならない。

相反する指令が脳内でぶつかる中、俺は前に進むことを選んだ。

「それより古瀬《こせ》さん、俺の家族に関する記事ってことは、父さんたちが死んだ交通事故の犯人についてとか……」

「交通事故？　違う違う。君の本当の家族のほうじゃない」

ということは、才川《さいかわ》家のお父さんや美和子《みわこ》さんのほうか――

お父さんと美和子《みわこ》さんの謎に古瀬《こせ》さんがかかわっているのか？　記事になるようなことがあった？　これが魔子《まこ》の言う『本当の恋人』とも繋《つな》がってくる？

わからない。

わからないけど、怖い。

怖いけど、知らなければならない。

視界がぐるぐる回る。もう立っていられない。

「メグル！」

「メグルくん！」

二人の声をどこか遠いものに感じながら、俺の意識は落ちていった。

その五　――もう一度、あの子に内緒でキスをして

＊

……夢。
いや、ここは意識の底か。
精神の海を泳いでいるような感覚。
俺は古瀬《こせ》さんと会い、意識を失った後、どうなったのだろうか。
周囲に、様々な映像が流れていく。
これは――記憶の欠片《かけら》だ。
俺の姿を見る限り、中学ぐらいのころのことだろうか。
『ここからは思い出してはいけない』
そんな声が聞こえた気がした。
でも思い出さなければ、俺は白雪《しらゆき》と本当の意味で結ばれることはない。
ならばどれほど辛《つら》い記憶だろうと、向き合わなければならないと思った。
記憶に手を伸ばし、触れる。

そうしてよみがえってきたのは、あまりにも重く、苦しい罪の記憶だった。

……

…………

俺と魔子《まこ》は同じ中学校に進学した。

白雪《しらゆき》が引っ越したことは、俺にも魔子《まこ》にも大きな影響を与えていた。

『お父さん、部活は剣道にしようと思います』

中学に入学してすぐのころ、俺は食卓でそう切り出した。

『ん？　剣道？　廻《めぐる》、剣道に興味があったのか？』

『身体《からだ》を鍛えたくて。部活の中で、武道は剣道だけだったんです』

『うん、いいな！　おれも高校時代は柔道部だったんだ！』

お父さんは、俺をキャッチボールに誘うときに見せる豪快な笑顔で喜んだ。

『武道に興味があるなら、柔道って手もあるが？』

『それだと道場に通わなくてはいけないので』

『また遠慮しているのか？　月謝程度の金、気にする必要ないぞ？』

『いえ、部活との両立も大変なので、ひとまず部活の剣道に集中してみようかな、と』

『それもそうか。いやしかし、武道に興味を持つとはやっぱり男の子だな！』

お父さんが俺を褒めるとき、いつも魔子《まこ》は顔をしかめる。

『パパ、それ男女差別だから』

『何だ、魔子《まこ》。お前も剣道に興味があるのか？』

『あるわけないじゃない。あんな汗臭いの、授業でもやりたくないわ』

『むぅ～、年頃の娘は扱いが難しいな……』

『あなたが魔子《まこ》を構わないのが原因よ』

『だからといって中学生の娘と父親が仲良くウィンドウショッピングともいくまい。……廻《めぐる》、お前はどうして身体《からだ》を鍛えようと思ったんだ？』

白雪《しらゆき》と再会したとき、少しでも強い自分になりたくて。剣道なら白雪《しらゆき》が暴漢に襲われたとき、助けられるかもしれないから。

そんなことを考えて選んだのだが、さすがにそのまま口にすることはできなかった。

『……強くなりたいんです。自分の無力さを感じることがあって』

『何？　いじめられてるとでも言いたいわけ？　そういう話なら聞きたくないわよ』

美和子《みわこ》さんは俺の発言を何かとマイナス方向に変換して受け取りがちだ。

刺激しないよう、俺は慎重に否定した。

『あ、いえ、違います。何て言うか、ちゃんと立派な人間になって、誰かを守れるようになりたいな、って』

『立派、ねぇ……』

美和子《みわこ》さんが鼻で笑う。

俺はいたたまれない気持ちになりながらも、じっとこらえた。

『……ふんっ、いい子ちゃんぶっちゃって。あんたの魂胆って、見え透いていて嫌ね』

美和子《みわこ》さんはお世話になっている義母だし、配慮は当然必要だ。

しかし同い年の魔子《まこ》に嫌みを言われては、俺も黙っていられない。

約二年も暮らしてきたのだ。いいことか悪いことかわからないが、反論くらいは平気でするようになっていた。

『何だよそれ。別に魔子《まこ》と関係ないからいいだろ』

『ふーん、あたしと関係ない、か……』

『……わかる、わかるぞ、廻《めぐる》！　おれも自分の無力さを何とかしたいと思い、武道を始めたんだ！　やっぱり男にはそう思うときがあるよな！』

『だからパパ、それ男女差別』

こんな会話を経て、俺は剣道部に入部した。未経験者だから当初ついていくのは大変だったが、白雪《しらゆき》のことを考えるときつい鍛錬も苦にならなかった。

勉強にも身を入れるようになった。

今までは引き取ってくれたお父さんや美和子《みわこ》さんに恥をかかせないよう――という、どちらかというと後ろ向きの理由で勉強していた。

しかし高学歴のほうが社会的信用が上がるし、いい会社に就職しやすい。もし白雪《しらゆき》と将来を歩んでいけるのであれば、なるべく楽をさせてあげたいし、何かあったときに対応できるだけの力や人脈が欲しい。そうなると勉強をしない手はなかった。

繰り返される鍛錬の日々で筋肉は増え、テストの学内順位は上昇し、それらに比例して背も伸びた。

小学生のころは身長が平均より下で、長身だった魔子《まこ》に随分差をつけられていたが、中学二年生の途中で抜き去り、中学三年生で一七八センチ——魔子《まこ》に十センチ以上の差をつけるほどになっていた。

褒められるほど白雪《しらゆき》にふさわしい人間になれる気がした。感情表現は苦手で、気の利《き》いたことを言える人間ではないけれど、とにかく誠実でいようと思った。

白雪《しらゆき》がいない寂しさは確実にあった。しかし将来への投資に時間を使うことで、それを俺は埋めようとしたのだ。

一方、魔子《まこ》は——

『才川《さいかわ》さんすげーっ！』

しかし才能とは残酷なものだ。集中力や記憶力、頭の回転速度で、俺は魔子《まこ》と勝負にならなかった。

たぶん勉強時間は俺のほうが多い。

俺は一生懸命勉強をしていたが、魔子《まこ》に一度も勝てていなかった。

『この前コートで走ってる姿、カッコよかったーっ！』

『テニス部でもエースなんだよね！』

『また成績一番かよ！』

悔しさがないわけではなかったが、俺の勉強はあくまでも未来への投資だ。この点、魔子《まこ》との比較で勉強しているわけじゃない。だから俺は俺でただ一生懸命やるだけだった。

だが魔子《まこ》の才能は、頭の良さや運動能力だけじゃない。

魔子《まこ》の持つ最大の才能は――人を圧倒するほどの容姿だった。

『それより魔子《まこ》ちゃん、また雑誌で取り上げられたんだって！』

『まあ、誰が見てもめちゃくちゃ可愛《かわい》いもんね……』

『っていうか、ちょっと近寄りがたいくらいっていうか、怖いくらいっていうか……』

『そういうのがあいつを調子に乗らせるんだって！　この前校門に来た、読モの高里くんをもてあそんで捨てたらしいよ！』

『うわっ……やることも別次元だよね……。近寄りたくはないなぁ……』

魔子《まこ》はその身に宿す才能をさらに開花させ、学校内で圧倒的なカリスマとして君臨するようになっていた。

確かに美しくなった。元々綺麗《きれい》な顔立ちをしていた小学生時代から蝶《ちょう》に羽化するような時期に入り、横を通り過ぎれば誰もが振り返るほどの魅力を放っていた。

魔子《まこ》の美しさは白雪《しらゆき》のような明るさや可憐《かれん》さとは違う。

むしろ、逆だった。

陰がある。その陰が人の目を引き付け、視線を集めて離さない。

俺はその陰に心当たりがあった。

白雪《しらゆき》とお父さんだ。

魔子《まこ》は白雪《しらゆき》がいなくなり、友達と呼べる人間がいなくなった。しかし才能であふれているがゆえに、表面上は周囲に人が集まっている。

でも——孤独なのだ。

誰が言っただろうか。

『人は独りでいるときに孤独を感じるのではない。孤独は人に囲まれているときに感じるものだ』

魔子《まこ》は常に注目を浴び、常に称賛され、同時に常に裏で酷評されている。

いつしか周囲の人間は、魔子《まこ》のその姿を『孤高』と呼ぶようになっていた。

魔子《まこ》が白雪《しらゆき》を懐《なつ》かしく思い、傍《そば》にいないことを寂しがるほど、魔子《まこ》は美しくなっていた。

また、魔子《まこ》の陰を深くするもう一つの要因――お父さんとは、中学校に進学して以降……魔《ま》子《こ》が反抗期の雰囲気を強めて以降……少しずつ悪化していた。

『魔子《まこ》！　こんな時間までどこ行っていたんだ！』

『別に休みの日に何しててもいいでしょ！』

『いいわけあるか！　廻《めぐる》はずっと家で勉強していたんだぞ！』

『あいつはただ友達がいないだけでしょ！　あの根暗と一緒にしないでよ！』

『お前……仮にも兄に対してその言い草はなんだ！』

『兄？　バカ言わないでよ！　あのカッコウ男を兄だと思ったことなんて一度もないわ！』

カッコウは自分で子供を育てず、他の鳥に育ててもらう性質を持っている。魔子《まこ》は俺が引き取られた子供であることを差してカッコウ男と呼んだのだ。

『魔子《まこ》！　言っていいことと悪いことがあるだろうが！』

『そのセリフ、そっくり返すわ！』

魔子《まこ》とお父さんのすれ違いは、思春期の父親と娘の間でのよくあるものかもしれない。

ただ俺の存在が、そのすれ違いを加速させていた。

魔子《まこ》はお父さんを家族として愛している。もちろんお父さんも魔子《まこ》を愛している。

けれども中年の父親と思春期の娘では価値観が違うのは無理もない。

たまたま俺は、お父さんと価値観が合った。

キャッチボールしかり、武道しかり、だ。

だから自然と褒められてしまう。共感されてしまう。

それが魔子《まこ》は気に食わない。血の繋《つな》がった家族ではないのに、俺のほうがひいきされているように見えてしまう。

たぶん魔子《まこ》もお父さんも、これらのことをわかっている。わかっているのに、一度かけ違ったボタンはなかなか戻せない。だって人間は生まれながらの相性があって、それは血の繋《つな》がった家族だからといっていいわけではないのだから。

ただ、俺も人のことを言っていられる身分ではない。

なぜなら俺は、魔子《まこ》と同様の悩みを抱えていたから。

『本当、いつも媚《こび》を売って……』

俺は美和子《みわこ》さんと性が合わない。こうしたほうがいいんじゃないかと思って行動しても、媚《こび》を売っていると見られてしまう。才川《さいかわ》家には、白雪《しらゆき》のような潤滑油となれる人間がいなかった。

(俺がいなければ――)

事実として、そういう状況にあった。

俺が抜ければ、たぶん才川《さいかわ》家はうまくいく。

魔子《まこ》がお父さんとの仲がうまくいかないのは、お父さんが俺を優遇しているように見えたりするためだ。俺がいなければ魔子《まこ》はお父さんに今ほど反発心を抱かず、ぶつかる回数は飛躍的に減るだろう。

美和子《みわこ》さんに関しては言わずもがな、だ。

美和子《みわこ》さんは元々俺がこの家に引き取られることに反対していた。俺がいなくなると言えば、大喜びするだろう。

辛《つら》いのは、俺が品行方正にしようとすればするほど、お父さんは俺の味方につき、美和子《みわこ》さんはそれに反発することだった。

『なんでお前は廻《めぐる》をそんなに嫌うんだ！』

『だって引き取られた負い目があるからって、あなたに好かれようと媚《こび》を売ってるじゃない！　きっとあなたの遺産を狙っているのよ！』

『バカな！』

『バカはあなたよ！　この家を乗っ取られてから後悔したって遅いのよ！』

最初はほんの少しのずれだったかもしれない。しかし傷口は次第に広がっていった。

お父さんは家に帰ってくる回数が少しずつ減った。

美和子《みわこ》さんは服装や家に飾る物が少しずつ派手になった。

中学三年生になるころにはお父さんと美和子《みわこ》さんの夫婦関係は完全に破綻していた。

『魔子《まこ》……』

『……ふんっ！』

魔子《まこ》は当然、夫婦喧嘩《げんか》の原因となったのが俺であることをわかっている。だから俺が好かれるわけもなく、俺と魔子《まこ》の関係も破綻していた。

俺は白雪《しらゆき》に、魔子《まこ》や美和子《みわこ》さんとの関係を改善するよう頑張ると告げていた。

でも進むのは勉学と剣道ばかり。

もっとも大事な家族の関係は、小学校時代よりもずっと悪化し、未熟な俺ではどうしようもないところにまで進んでいた。

『廻《めぐる》くん、どうしたの？　暗い声をして』

週に一度の白雪《しらゆき》との電話。

ある日、白雪《しらゆき》は電話越しに俺の異変を察知して尋ねてきた。

『実は俺のせいで、お父さんと美和子《みわこ》さんがうまくいってなくて――』

俺が説明すると、白雪《しらゆき》ははっきりとした声で言った。

『そういうことだったの……。でもね、廻《めぐる》くん。それは廻《めぐる》くんのせいじゃないよ。私が聞く限り、廻《めぐる》くんは凄《すご》く頑張ってるもん』

『逆に頑張ってることで魔子《まこ》や美和子《みわこ》さんを不快にしてるのかも……』

『もしそうなら、悪いのは魔子《まこ》ちゃんやおばさんのほう。廻《めぐる》くんが悪いわけじゃない。そこは間違えちゃダメだと思う』

白雪《しらゆき》はただのいい子というわけじゃない。芯の強さを兼ね備えている。

そういうところがあるからこそ俺も魔子《まこ》も白雪《しらゆき》を慕い、頼りにしているのだ。

『ありがとう、白雪《しらゆき》。もう少し頑張ってみるよ』

『私からも魔子《まこ》ちゃんに言っておくね』

……ただもう、こんなことを話しているころには、取り返しのつかないところまで来ていたのだろう。

今から思えば。

＊

俺と魔子《まこ》はお父さんと美和子《みわこ》さんの破綻に気がつきつつも、決定的な手を打てず――中学三年の夏が来た。

『……今日も暑いな』

日差しが強い日のことだった。全国では今年の最高気温を記録し、朝のワイドショーでは全国の海の賑《にぎ》わいを報道していた。

俺は中学最後の剣道大会であと一歩全国に行けず、引退。本格的に受験生になったということで、毎日朝から図書館で一日を過ごしていた。

――なぜか、魔子《まこ》と一緒に。

『あたしだって嫌よ。でも、塾だと集中できないし』

魔子《まこ》はさらに美しさに磨きがかかっていた。

他校から一目見ようと出待ちをされるのは当たり前。この前は夏期講習で通っていた塾の若い先生から本気で惚《ほ》れられ、ストーカー騒ぎにまで発展した。

俺は元々才川《さいかわ》家にお金の負担をかけたくなくて図書館で一人勉強していたのだが、塾にいられなくなった魔子《まこ》が一緒にくっついてくるようになったのだ。

図書館で並んで勉強をする俺たち。

突然魔子《まこ》が俺に身体《からだ》を寄せ、耳打ちしてきた。

『ちょっとついてきなさい』

『……またトイレか。コーヒー飲みすぎだぞ』

『っ！　バカじゃないの！　あんたホント、デリカシーないわね！　だからモテてても気がついてないんでしょ！』

『俺、モテてたのか……』

『見る目のない女からね。って、そんな話はどうでもいいのよ』

『いや、どうでもいい話じゃない気がするが』

『まったくあいかわらず細かくてうっとうしいわね……。聞きなさい。変なやつがさっきからあたしを覗《のぞ》いてるから、誘い出すわよ。本当なら先に気づいて対処するのがあんたの役目でしょ？』

そう、俺の仕事はボディーガード役だった。

自分の勉強があるし、面倒くさいし、魔子《まこ》がうるさいから正直なところやりたくないのだが――美和子《みわこ》さんにゴマをするためにしょうがなくやることにしたのだ。

美和子《みわこ》さんはますます美しくなる魔子《まこ》を自慢に思い、お父さんとの関係が悪化する分だけ溺愛していた。

――まったく、塾の教師がストーカーになるなんて……ちゃんとして欲しいわ……。魔子《まこ》は元モデルのわたしに似て美人なんだから、もっと特別待遇ができないものかしら……。

そういえばわたしも若いころはよく歩いているだけで声をかけられたわ……。わたしの高校はバイト禁止だったから、スカウトされたときに偽名を使ったのだけど、さすがに雑誌が大手すぎてバレてしまって……。学校で大騒ぎになって親まで呼ばれたのよね……懐《なつ》かしいわ……。そうよね……魔子《まこ》ほどの美人、みんなが放っておかないわよね……心配だわ……。

俺が美和子《みわこ》さんのポイントを稼げるチャンスはほとんどない。だからボディーガード役を買って出た。

美和子《みわこ》さんは俺と魔子《まこ》が一緒にいることを好んでいないが、俺が魔子《まこ》に手を出すような性格ではないことや、剣道で身体《からだ》を鍛えていることはわかっている。

他に適任者がいないこともあって、珍しく『魔子《まこ》をちゃんと守りなさいよ』という皮肉抜きの言葉が出てきたくらいだった。

ここまで言われては、俺も手を抜けない。

ということでトイレにまでついていっている有様《ありさま》なのだが——変なやつに気がつく率は魔子《まこ》のほうが異常に高かった。

さすが見られている本人と言うべきか、それとも先天的な勘や洞察力が優れているのか。どんな理由であれ、魔子《まこ》が変なやつがいると指摘してきたとき、間違っていたことはない。

だから俺はすかさず身構えた。

『わかった。いつものような手筈《てはず》でいいか』

『最初からそう言えばいいのよ』

俺と魔子《まこ》はノートと参考書を伏せて立ち上がった。

最近になると、こういう展開も手慣れたものだ。

俺と魔子《まこ》が席を離れる。当然、相手もこっそりついてくる。

その際、途中で俺はトイレへ行き、魔子《まこ》はコンビニへ向かう。当然相手は油断し、魔子《まこ》を追い、距離を縮める。俺がトイレに行っている間、魔子《まこ》の写真を撮るなり、話しかけるなりしようとするためだ。

だがこれはフェイク。

俺はトイレに入ったフリをしてすぐに出てきている。チャンスで前のめりになっている相手を尾行し、隙だらけの背後から声をかけてやるのだ。

『魔子《まこ》に何か用か？』

『ひっ⁉』

その男は三十前後ぐらいの年齢だった。魔子《まこ》のストーカーになる男の年齢は結構幅広く、こうした年代の人間も珍しくはない。

『用件があるなら、まず俺が聞くが？』

丁重な言葉だが、もちろん脅しは入っている。

俺は身長が平均より高いし、筋肉もしっかりついているほうだ。だから大概にらんでやれば、相手は後ろめたいことをしている自覚があるだけに、すぐ逃げ出していく。

しかし——この男は違っていた。

『君は……湖西廻《こさいめぐる》くんか？』

『どうして俺の名前を……』

『……ああ、そうだ。むしろ彼女よりも君のほうがいいかもしれない。くそっ、焦《あせ》ってるな、おれ』

『何を言ってるんですか？』

『話を聞かせて欲しいんだ。もう他に手がなくてね。よければ少し時間をもらえないかな？』

『いや、突然そんなことを言われても、何のことか――』

男には妙な迫力があった。冗談で言っているような感じではなかった。それだけに俺は狼狽《ろうばい》してしまっていた。

『何やってるのよ、メグル！』

ちんたらやっていることが魔子《まこ》には我慢ならなかったらしい。守られるお姫様の立場なはずなのに、堂々と近寄ってきた。

男がカバンをごそごそと漁《あさ》る。

出してきたのは名刺だった。

『おれの名前は古瀬《こせ》佐《たすく》。フリーのジャーナリストだ。教えて欲しい……君のお父さんについて』

『『えっ――』』

あまりに想定外のことに、俺と魔子《まこ》は顔を見合わせた。

＊

古瀬《こせ》さんの話は、寝耳に水のことばかりだった。

――君たちのお父さん……県会議員才川達郎《さいかわたつろう》は不正をしている。

――とある企業の資金の流れを追ったうえでおれが出した結論だ。

――しかし決定的な証拠が出てこない。

――君たちに頼むのは筋違いだろうが、協力して欲しい。


すべてがあり得なかった。

まず『お父さんが不正をしている』――これがどうにも信じられなかった。

お父さんは俺を引き取ってくれた恩人。優しく豪快ないい人だ。

家は確かに裕福だが、それは不正で儲《もう》けたものではないはずだ。議員の収入は少ないものではないのだから、わざわざ不正をするとは思えなかった。

『あの、古瀬《こせ》さん。あなたが言っていることが万が一真実だとしても、家族の俺と魔子《まこ》が協力するなんてあり得ません』

『バカ。万が一も何も、パパが不正なんてするわけないじゃない』

図書館の奥にある、人気《ひとけ》のないベンチで魔子《まこ》は声を荒らげた。

魔子《まこ》のトゲのある言葉にはいら立たされることも多いが、今回ばかりは正論だと思った。

『そうだな』

俺は立ったままの古瀬《こせ》さんを見上げた。

『古瀬《こせ》さん、この話は聞かなかったことにします。俺はお父さんに大きな恩を感じています。お父さんを不幸にすることに協力することはできません』

『なるほど。君が才川《さいかわ》家に引き取られた事情は知っているつもりだが……君はそう考えているのか』

『おかしいですか？』

『おれは達郎《たつろう》氏について、不正疑惑から知ったものでね。正直なところ達郎《たつろう》氏は、君の本当の両親の遺産が目当てで引き取ったのではないか——おれはそう思ったし、そういう噂《うわさ》も実際聞いていたから』

それで彼女（魔子《まこ》）よりも君（俺）のほうがいいかもしれない、という言葉が出てきたのか。不正の証拠探しには、実の娘より、虐《しいた》げられているだろう義理の息子のほうが協力してくれそうだから。

『そんな噂《うわさ》を信じたんですか？　それならお父さんが不正をしているという話も怪しいと思い

ますが？』

『まあ君についてはは裏を取ってなかったから、そこを突かれると痛いが……本当に達郎《たつろう》氏を信じているんだな』

『恩、というだけでなく、尊敬するお父さんです』

『なるほど』

古瀬《こせ》さんは無精ひげを撫《な》でた。

『ならばこう聞こう。君は本当に何も調べなくていいのかな？　おれなら尊敬している人が過《あやま》ちを犯していた場合、それを正そうとする。自分の知る、尊敬できる人でいて欲しいから』

『そ、それは……』

さすがジャーナリストと言うべきか。痛いところを突いてくる。

『あんた、何言い負かされてるのよ！　ともかくあり得ないわ！　もう行きましょ！』

ここまでは俺も魔子《まこ》も古瀬《こせ》さんの発言を歯牙《しが》にもかけていなかった。

だが古瀬《こせ》さんは、行こうとする俺と魔子《まこ》に、急所と言うべき情報を投げかけた。

──丹沢白雪さんにも影響があった、と言ったら話をもう少し聞いてくれるかな？

『『──っ⁉』』

白雪《しらゆき》は俺の初恋の人で、魔子《まこ》にとってはただ一人の親友だ。

白雪《しらゆき》の名前は、俺と魔子《まこ》の中で神聖な響きさえ持っている。どれほど怪しく、どれほど聞きたくない話でも、白雪《しらゆき》の名前を出された時点で、俺たちは負けていたのかもしれない。

俺たちはその場を立ち去り、古瀬《こせ》さんと顔を合わせないまま図書館を後にしたが、白雪《しらゆき》と不正がどう関係しているか気になって仕方がなかった。

『あのペテン師が……。あたしたちのことだけじゃなくて、どうしてシラユキの名前まで……』

図書館からの帰り道、魔子《まこ》はそう言うので精いっぱいだった。

古瀬《こせ》さんの言葉を整理するならば、古瀬《こせ》さんはお父さんの不正を追ったが、証拠がつかめなかった。しょうがなく周囲の情報まで調べた。そのせいで俺や魔子《まこ》、あげくは白雪《しらゆき》のことまで知っている——ということなのだろう。

これは冗談でできることではない。執念と呼べるほどの情熱があって初めてできることだ。

(——お父さんを信じたい)

才川《さいかわ》家に俺を笑顔で迎え入れてくれたのはお父さんだった。

キャッチボールをよくした。剣道を習うと言ったら喜んでくれた。美和子《みわこ》さんにチクリと言われたら、俺の盾になって怒ってくれた。そのおかげでお父さんと美和子《みわこ》さんの仲が悪くなるのは辛《つら》かったけれど、心の奥底では味方になってくれて嬉《うれ》しかった。

でも、古瀬《こせ》さんの言葉が俺の頭を駆け巡る。

――本当に何も調べなくていいのかな？　おれなら尊敬している人が過《あやま》ちを犯していた場合、それを正そうとする。自分の知る、尊敬できる人でいて欲しいから。

俺は悩んで、考えて、悩んで、考えて――

三日後、魔子《まこ》に内緒で名刺に書いてあった電話番号に連絡し、古瀬《こせ》さんともう一度会うことにした。

『すみません、突然連絡して』

『いや、こちらこそまた会ってくれてありがとう』

『気になることがたくさんあって。もう少しお話を聞かせてもらえれば、と』

『もちろん。包み隠さず話すよ。何が聞きたい？』

『まずは白雪《しらゆき》への影響とは何か、教えてもらっていいですか？』

『わかった』

ファミレスでアイスコーヒーを飲みながら、古瀬《こせ》さんは俺の人生が変わるようなことを言う。

『とある企業と才川達郎《さいかわたつろう》が癒着し、大きな利益を得た。誰かが利益を得るということは、誰かが不利益をこうむったということだ。それが丹沢白雪《たんざわしらゆき》さんの父親だ。丹沢白雪《たんざわしらゆき》さんの父親は、癒着企業と競合している企業の重役でね。その責任を取ることになった結果――』

『白雪《しらゆき》は引っ越すことになった、と』

『そういうことだ』

……白雪《しらゆき》がもし引っ越さなければ、俺と魔子《まこ》の中学時代はまったく違うものになっていただろう。


――きっと迎えに行くから……。そしてそのときはまたこうして手を繋《つな》いで……この海へ来よう……。ダメ、かな……？


迎えに行くなんて言わなくても、一緒に歩むことができたのだ。毎日顔を合わせ、毎日話し、毎日白雪《しらゆき》の笑顔を見ることができたのだ。それはどれほど幸福な日々だっただろうか。

また魔子《まこ》も今ほど孤独に陥ることはなかった。白雪《しらゆき》が傍《そば》にいない寂しさが、お父さんとの喧嘩《けんか》に繋《つな》がっていたこともあるだろう。そう考えると白雪《しらゆき》が引っ越したことは、お父さんにとっても不幸な出来事だ。

これは――因果とでも呼ぶべきなのだろうか。

『これが根拠だ』

古瀬《こせ》さんはカバンからノートパソコンを取り出し、いくつかの資料を見せてくれた。

古瀬《こせ》さんは少なくとも俺をだまそうとしているのではない――と判断せざるを得なかった。

まだお父さんが不正をしているとは信じがたい。しかし古瀬《こせ》さんには、お父さんを疑うだけの情報が揃《そろ》っている――それは理解しなければならなかった。

『君には酷なお願いをしていると自覚しているつもりだ。でも、おれは不正を見つけて見逃すことはできない』

『……古瀬《こせ》さんはどうしてそこまでするんですか？　そうした不正を暴《あば》くことは、儲《もう》かるものなんですか？』

これほどいろんなことを調べているのだ。正直なところ、スクープ一本を出したくらいで元が取れるほどの利益が出るとは思えない。

『おれの家は、親父《おやじ》が会社を経営していてね』

『……はぁ』

突然話が飛んだが、俺はひとまず相槌《あいづち》を打って合わせることにした。

『下品な親父《おやじ》だったが、おれを可愛《かわい》がってくれたこともあって嫌いにはなれなかったな。でもおれが出版社に就職して、独り立ちしたころ、親父《おやじ》が殺された。怨恨《えんこん》で、だ』

『えっ⁉』

怨恨《えんこん》とは普通じゃない。背筋がひゅっと寒くなった。

『一言で表現すれば、相当あくどい人間だったんだ、おれの父親は。悪いことをして儲《もう》けて、その金で派手に遊んで……それらを親父《おやじ》が死んだ後に知った。家族からすると優しいところもあったし、道楽なのは知っていたが、まあ自分で稼いだ金だし……くらいに思ってたんだがな』

思わず自分と重なり、喉が詰まった。

『おれの身体《からだ》は、親父《おやじ》があくどいことをした金でできている。別におれが悪いことをしたわけじゃないんだしって開き直ってるんだが、それでも生き方ってのを考えちまってな。楽しく生きるため、おれは悪いことをしているやつと戦うことを決めたわけさ』

『……お父さんは、優しい人です』

俺はそんなことしか言えなかった。

『この世にはさ、麻薬で儲《もう》けた人間の寄付で救われた命もある。だから、何が善悪かをおれは論じる気はないんだ。ただ、とりあえず法律違反をして利益を得たやつとおれは戦ってる』

『本当にお父さんは不正なんてしているんでしょうか』

『それを調べて欲しいんだ。……本当は、娘のマコちゃんのほうにお願いしようと思っていたが、もし君がやってくれるなら助かる』

『なぜ魔子《まこ》に？』

『実の娘だからな。おれの気持ちがわかってくれるかも、って。それに調べたら父親と仲が悪いってのもわかってたし、丹沢白雪《たんざわしらゆき》と親友だと判明した。それでもしかしたらチャンスがあるかもと思ってたわけだ』

だから最初は魔子《まこ》に声をかけようとしていたのか。

『あと、マコちゃんなら不正を正した場合、家族が責任を取ったとも見える。でもね、もし君の立場で不正を暴《あば》き、才川達郎《さいかわたつろう》が逮捕をされると、言い方は悪いが『恩知らず』と見られるだろう。……中学生が背負うには重すぎる〈業《ごう》〉だ』

『でもあなたは、俺にお願いするんですね』

『ああ、そうだ。顔を見て、話してみて、君がおれと同じような考え方をしそうだなと思ったからだ。業《ごう》の重さは関係ない。正義の形が近いように感じた』

『……そう、かもしれません……』

――本当に何も調べなくていいのかな？　おれなら尊敬している人が過《あやま》ちを犯していた場合、それを正そうとする。自分の知る、尊敬できる人でいて欲しいから。

この言葉が頭を駆け巡るのは、近い感性を持っているからなのだろう。

『おれはどう言われてもいいが、事実としてこの不正で不幸をこうむった人間がいる。だからおれはやる。君は……どうする？』

そんな言葉を残し、古瀬《こせ》さんは去っていった。

＊

俺は古瀬《こせ》さんとの話を頭の中で何度も反芻《はんすう》した。

眠りにつくその瞬間まで考え、悩み——そして魔子《まこ》にも話すことにした。白雪《しらゆき》に影響が出ている以上、魔子《まこ》も知っておくべき情報だと思ったからだ。

不正については魔子《まこ》も聞き流していたが、白雪《しらゆき》の引っ越しが不正の影響かもしれないことを聞き、魔子《まこ》は顔を青くした。

『そん、な……。そんなの、嘘《うそ》よ……』

白雪《しらゆき》が引っ越したことで辛《つら》い思いをしていたのは、俺より魔子《まこ》かもしれないことに、俺は初めて気がついた。

俺は白雪《しらゆき》が傍《そば》にいなかったことこそ辛《つら》かったが、夢を見られた。白雪《しらゆき》がいない間に成長し、白雪《しらゆき》を迎えに行くという夢だ。

夢があれば辛《つら》くても耐えられる。暇なんてなく、走り続けていた。

一方、魔子《まこ》は違う。

白雪《しらゆき》に代わる友達を見つけることができず、家では両親の不仲が加速していた。

もしかしたら魔子《まこ》は、両親の不仲について白雪《しらゆき》に支えて欲しかったのかもしれない。

俺が魔子《まこ》を支えることは不可能だった。

俺が、不仲の原因の一つだったから。

白雪《しらゆき》がいなくなってから魔子《まこ》はより才能や美貌が開花していったが、誰もがうらやむそれらでさえ、魔子《まこ》の心に空いた穴を埋めるものにはなっていなかったのだろう。両手で顔を覆う魔《ま》子《こ》を見ていると、そう思えてならなかった。

『……あり得ないことだけど……念のため、確かめるわよ。……あんたも協力しなさい』

俺は頷《うなず》いた。

その後、俺と魔子《まこ》は話し合い、作戦を立てた。

別に難しいことじゃない。

最近、お父さんも美和子《みわこ》さんも家に寄り付かない傾向にある。これは二人が顔を合わせると喧嘩《けんか》になってしまうため、どちらともなく避けているからだ。

なので、二人がいない間にお父さんの部屋に忍び込む。

狙いはお父さんのパソコン――特に削除したメールだ。ソフトを使って復元し、不正の証拠になるものがないか探る。また怪しいメモ帳などがあればそれもチェック対象だ。

お父さんの部屋に入るのは簡単だ。お父さんは部屋に鍵をかけない。昔から中にある本を好きに取っていって読んでいいと言われていた。

問題はパソコンのパスワードを解読する作業だと思っていたのだが、魔子《まこ》はあっさり言った。

『パパは机の裏にパスワードを張っているわ。パソコンを探るのは時間さえあれば簡単よ』

お父さんは豪快なところがあり、俺はその豪快さにだいぶ救われてきたが、それがこんな風に作用するなんて皮肉だと思った。

俺たちは作業を分担することにした。

メールの復元作業を行うのは魔子《まこ》だ。その間俺が見張りを行いつつ、万が一お父さんや美和《みわ》子《こ》さんが突如帰ってきたときには時間稼ぎ役をやる。それで話はついた。

実行の日――

夕方から、天気はゲリラ豪雨となった。

お父さんは仕事の出張、美和子《みわこ》さんは友達と小旅行に出かけている。

俺はこの豪雨の影響で二人が突然帰ってくるかも――なんて懸念《けねん》をしていた。

しかし杞憂《きゆう》だった。

俺はお父さんの部屋のドアの前でずっと立っていたが、玄関に誰も来ることはなく、ただ強烈な雨音だけが家の中に流れていた。

『……終わったわ』

そう言ってドアが開き、部屋の中から魔子《まこ》が出てきた。

『魔子《まこ》、どうだった……？』

『……来て』

もうこの時点で、俺はパンドラの箱を開けてしまったことに気がつき始めていた。

だってもし何もなければ、魔子《まこ》はそれ見たことかと言わんばかりに俺を責め立てただろう。

しかし魔子《まこ》の皮膚からは血の気が失《う》せ、いつ倒れてもおかしくなさそうだった。

魔子《まこ》は不思議なことに、悲哀を感じさせるときほど美しく見える。

このときの魔子《まこ》は、今までで一番美しい顔をしていた。

『……これ』

魔子《まこ》に促されるがまま、俺はパソコンの画面を見つめた。

そこには――


――不正を行っていると判断するのに十分な文面が並んでいた。


『おとう、さん……』

ふいに、涙が目にあふれた。

俺はなぜか、お父さんとキャッチボールをしているときのことが思い浮かんでいた。

キャッチボールをするたび、俺は実の父……『父さん』をつい思い出してしまって複雑な気持ちになることも多かったが、お父さんは本当に嬉《うれ》しそうだった。そのことが俺も嬉《うれ》しくて、帰るころはいつも笑顔になっていた。

お父さんが才川《さいかわ》家で一番の味方だった。

でも、俺は――

『……データは？』

魔子《まこ》はUSBを引き抜いた。

『これ、古瀬《こせ》に渡す気？』

『……ああ』

『どうして？』

『これからも父と呼びたい人だから』

『何それ』

『他人なら見なかったことにしたかもしれない……。でも大事な人だから……道を過《あやま》っているのなら、正したい……』

『それ、あんたの押し付けでしょ？　もしやったら、あんたは何て言われると思う？』

『……恩知らずって言われるだろうな……。美和子《みわこ》さんは……一生口を聞いてくれないかも……』

『じゃあ――』

『でも……それでも！』

俺は奥歯をかみしめた。

かみしめた分だけ、涙があふれた。

『俺は、お父さんにはちゃんと罪を償ってきて欲しい……。どんなことがあろうと、俺はずっとお父さんと呼び続けるから……』

『っ──ふっっざけるな！』

魔子《まこ》が俺の頬を叩《たた》いた。

全力であることはその威力で知れた。

『パパはね！　あんたのパパじゃなくて、あたしのパパなの！』

魔子《まこ》は息を荒くしてまくしたてる。

『あたしだって、ずっと尊敬してた！　そりゃ喧嘩《けんか》もたくさんしたけど、パパはいつもあたしの自慢だった！　なのに、なのにあんたが来てから──』

『魔子《まこ》……』

右手が振り上げられ、俺の左頬は勢いよくはたかれた。

『あんたが来る前、あたしは幸せだった！　立派なパパと、綺麗《きれい》なママと、優しい親友のシラユキ！　勉強だって運動だっていつも一番だったし、みんなあたしのこと、可愛《かわい》いって言っていつも褒めてくれた！　全部全部、あたしのものだった！　望むものは何でも手に入った！

なのに──』

魔子《まこ》は親の仇《かたき》を見るような目で──

いや、『ような』じゃない。

俺は本当に、親の仇《かたき》と言える存在なのだ。

『あんたがあたしの大切なもの、全部奪っていった！　あんたが来なければ、パパはあたしだけを見ていた！　パパとママはこんなに喧嘩《けんか》するようにならなかった！　シラユキはあたしだけの味方だった！』

魔子《まこ》が俺の胸を叩《たた》く。

張り裂けそうな気持ちを拳に込め、俺の胸を強く強く──叩《たた》く。

（──それでいい）

俺は静かに魔子《まこ》の言葉を受け止めた。

（俺を憎んでくれ、魔子《まこ》。だって俺は、それだけのことを魔子《まこ》にしてきたから）

俺が魔子《まこ》の幸せを奪った。

そうしたかったわけじゃないが、事実として俺は、お前の幸せを奪い、代わりに幸せを得た。

お前には俺を糾弾し、復讐《ふくしゅう》するだけの資格がある。

叩《たた》いてくれ。殴ってくれ。

（それで魔子《まこ》の溜飲《りゅういん》が下がるのなら、俺は──）

再び魔子《まこ》が右手を振り上げる。

俺は目をつぶり、痛みに備えた。

だがしかし――魔子《まこ》は右手を振り上げたまま止め、にらみつけるような目で俺を見上げた。


『でも――あんたは何も悪くない！』


その一言は、ビンタよりも、胸を拳で叩《たた》かれるよりも、俺を打ちのめした。

（俺を責めていいのに、魔子《まこ》は――）

理性を保ったまま、受け止めてしまったのだ。

魔子《まこ》の悲しいまでの正義感と優しさに、涙がこぼれ落ちた。

魔子《まこ》は俺が才川《さいかわ》家にやってきたばかりのころ、邪魔者のはずの俺が学校でいじめられていたら助けてしまうほど――気高い心を持ち合わせている。

魔子《まこ》は俺に辛《つら》く当たってきた。でもそれは家族への愛情を深く持っているがゆえのこと。

深い愛情と正義感の狭間《はざま》で、魔子《まこ》はどれほど葛藤してきただろうか。

（いっそ、俺を敵としてしまえばまだ楽だったのに……）

俺を責めれば正義感が警鐘を鳴らし、俺を受け入れようとすれば美和子《みわこ》さんを裏切ることになる。そんな板挟みの地獄に魔子《まこ》は絶えずさらされていたのだ。

おそらく魔子《まこ》を救えるのは白雪《しらゆき》だけだっただろう。

しかし白雪《しらゆき》は転校でいなくなり……それさえ父親の不正が遠因で——

ダメだ……。

こんなの、辛《つら》すぎる……。

魔子《まこ》の気持ちを考えるだけで、自分の存在が許せなくなり、反吐《へど》が出そうだ。

『あんたが古瀬《こせ》に話を聞かなければ、あたしは何も知らない子供のままでいられたのに……！』

魔子《まこ》はきっと、こういう結果が出ると思っていただけに、当初聞かないフリをしようと決めたのだ。

俺は愚かだから、聞きに行ってしまった。

そうして——パンドラの箱を開けてしまったのだ。

俺は膝から崩れ落ちた。

あまりの申し訳なさに全身から力が抜け、立ってさえいられなかった。

『すまない、魔子《まこ》……。俺は、お前にどうやって償えばいい……』

『……償い？　ふざけないで』

魔子《まこ》はしゃがみ、俺の頭を両手で挟み込んだ。

怒りと悲しみと、やりきれない感情で目を潤ませ、至近距離でにらみつけてくる。

『償えるとでも思ってるの……？　背負いなさい。罪を。あたしと一緒に』

そう言って、魔子《まこ》は俺の唇を奪った。

『っ――』

俺は瞬時に逃れようとしたが、魔子《まこ》の目が俺を許さなかった。

白雪《しらゆき》の顔が頭をよぎる。

吐き気がした。今、自分がしていることの恐ろしさに血の気が引いた。

同時に、たとえようもない快感を覚えていた。

柔らかな唇の感触だけではない。口内をむさぼる舌が歯茎を襲い、本能としての快楽が脳髄を侵していく。

白雪《しらゆき》への恋心。魔子《まこ》への家族としての想《おも》い。お父さんへの尊敬。美和子《みわこ》さんへの引け目。裏切り。感謝。絶望。悦楽。

あらゆるものがキスとともに脳内を駆け巡る。

ああ、頭がおかしくなりそうだ……。

ふと頭の片隅で、これがファーストキスということに気がついた。

――ファーストキスは、背徳の味がした。

＊

猛烈な雨の音で目が覚めた。

部屋は薄暗い。もう夜なのだろうか。電気がついておらず、明かりは音量が絞られたテレビからのものだけだ。

才川《さいかわ》家のリビングだった。俺はソファーに寝かされていたらしい。腹にはタオルケットがかけてあった。

「起きたんだ」

頭の上からそっけない言葉が下りてきた。

「なんでそんなところにいるんだ？」

俺はソファーの肘かけを枕代わりにして寝ている。

魔子《まこ》は枕元にいるのだが、わざわざテーブルの椅子を持ってきていた。座るところなど、他にいくらでもあるはずなのに……意味がわからなかった。

「あんたのアホ面《づら》を見ていたかったから」

「……アホ面《づら》は余計だ。俺の顔を見ていたいなら、そうとだけ言えばいいだろう」

「何それ。自意識過剰？　ダッサ」

「……お前、俺のファーストキスを奪ったくせに」

「⁉」

魔子《まこ》は目を見開くと、一度大きく深呼吸した。

「そこまで思い出したんだ」

「逆に言えば、それから今に至るまでのことは覚えてないがな」

「……そう」

「古瀬《こせ》さんと会ったことが刺激になったのかな」

「あいつ……今度見かけたら蹴とばしてやる……」

「まったく、どうしてお前はそんなに敵を作ろうとするんだ」

俺は呆《あき》れつつ身体《からだ》を起こした。

テレビを見ると、一九時二三分と表示されていた。

魔子《まこ》が立ち上がり、キッチンへ向かっていく。

すると水が入ったペットボトルを持ってきて、俺に手渡してくれた。

「……ありがとう」

「なんで驚いてるのよ。心外ね」

「いやだって、お前が俺を労《いたわ》ってくれるなんて思ってなかったから」

「あんたが忘れている記憶の中に、あたしが看病してあげたものもあるわよ。そういう大事なことから思い出しなさい」

「そんなこと命令されても無理だ」

「うるさい男ね」

「お前が言うな。それより電気をつけないか？　テレビだけじゃ暗すぎる」

「……別に今のままでいいじゃない。明るいより暗いほうがいいわ」

モデルとして人気のある魔子《まこ》のセリフではなかった。

クラスの誰よりもスポットライトを浴びているのに、精神は深い闇にある。

それはやはり、お父さんのことが影響しているのだろうか……？

「魔子《まこ》。俺とお前で、お父さんの不正を告発したのか？」

「………………どきなさい」

魔子《まこ》は無理やり俺と肘かけの間のスペースに身体《からだ》を割り込ませた。

元々スペースは半人分しかなかったので、俺が横に押し出された形だ。

無理やり狭いところに割り込んできたので、俺と魔子《まこ》の肩は触れ合っている。

「お前――」

俺が文句を言おうとしたところ、魔子《まこ》が言葉を封じるようにかぶせてきた。

「――パパの不正は、古瀬《こせ》が記事にすることで公表されたわ」

「！」

「あたしは不正の証拠を直接警察に持っていこうとしたんだけど、古瀬《こせ》に諭されたあんたが止めたのよ。あたしとあんたが不正の証拠を見つけて暴《あば》いたってことが世間にバレると、生きていくことが大変になる。だからせめて、古瀬《こせ》が見つけたことにしよう、って。自分たちが不正を暴《あば》いたことを公開したいなら、別にいつでもできるとも言っていたわね」

「……そうか」

お父さんが不正をしていたとなれば、当然世間から叩《たた》かれるだろう。

このとき俺と魔子《まこ》が不正を暴《あば》いたとなると、さらに話題は大きくなるに違いない。おそらくテレビ局が押しかけてきて、生活に支障が出るほどになることさえ考えられる。

だから古瀬《こせ》さんは、自分が見つけたことにした。

もしかしたらスクープを独り占めしたいという思惑もあったのだろうかと思ったが、違う気がしている。思い出していないだけで、俺が古瀬《こせ》さんをそういう人物じゃないと思っているからだろう。

「まったくバカみたいよね。どっちだって、地獄行きは変わらないのに」

地獄。

……そう、地獄だ。

魔子《まこ》からすれば俺は、父親の寵愛《ちょうあい》を奪い、両親の関係を破綻させ、親友の気持ちを奪っていった、最低最悪の仇敵《きゅうてき》だ。

でも――

『メグル……あたしに残ったのは、共犯者のあんただけ』

魔子《まこ》には俺しか残らなかったのだ。

（……そうだ、思い出してきた）

台風が来たせいで、あの日もまた豪雨だった。

……

……………

……………

お父さんは前日、逮捕された。

美和子《みわこ》さんは一週間前に発表された古瀬《こせ》さんの記事を見て、どこかへと行方をくらませている。

台風にもかかわらずマスコミが玄関に押しかけてきていた。

ネットでお父さんの不正の証拠を流したのは娘と義理の息子というネタが投下され、話題になっていたのだ。

秘密ってやつは、隠そうと思ってもどこからか漏れるらしかった。

――わかった。娘と義理の息子がただれた関係ってやつだ。で、親の金で淫蕩《いんとう》生活ってわけ。

――そもそも遠縁の子供なんて、何で引き取ったんだ？　遺産目当て？　それとも見栄《みえ》か？

――もし善意だったら皮肉だよなぁ。善意で引き取った子供に告発されるなんて。

――だとしたら義理の息子のほうが邪悪じゃね？　恩知らずだって。

――それ言うなら娘のほうが恩知らずだろ。だって何不自由なく暮らしていたのによ。


勝手な憶測や無遠慮な言葉が数えきれないほど飛び交っていた。

マスコミと話す気にはなれなかったが、否定をする気にもなれなかった。

魔子《まこ》はともかく、俺が恩知らずなのは事実だから。

議員の父親と、美人の母親。娘は才色兼備で、生活は裕福。

誰もがうらやむような一家を、善意で引き取った息子が原因となり、完全崩壊することとなった。

俺は――疫病神《やくびょうがみ》だ。

マスコミ対策で電気が消されたリビングは、窓から来る光のみだった。

外は暴風雨だが、昼なのでまだ辛《かろ》うじて足元が薄ぼんやりと見える程度には明るい。

ソファーで俺と魔子《まこ》は、互いに離れ、一言も口を聞かず、ただ死を待つ患者のように呆然《ぼうぜん》としていた。

俺が思い出していたのは、昨日、お父さんと会話をしたときのことだ。

『――そうか、お前たちが見つけたのか』

逮捕が迫ってきているお父さんに、俺と魔子《まこ》は正直に告げた。

テーブルで向かい合う俺たちに、お父さんは力なく笑う。

『年貢《ねんぐ》の納め時ってのはこういうことを言うんだろうな』

お父さんは俺たちを怒ることなく、むしろすっきりした顔で語り始めた。

お父さんが不正に手を染め始めたのはおおよそ三年前――俺と魔子《まこ》が小学六年生のときだったという。

お金を欲《ほっ》した理由は単純で、美和子《みわこ》さんの浪費が収入を遥《はる》かに超えてしまったためだった。

『おれと美和子《みわこ》の考えはだんだんとずれてきていて、その不満や怒りを美和子《みわこ》は贅沢《ぜいたく》に向けるようになった。一番ダメージがでかかったのは、宝石に凝りだしたことだな』

『お父さん、それは俺を引き取ったから――』

俺が尋ねると、お父さんは苦笑いした。

『隠さず言えば、要因の一つではある。でもおれはそのことを後悔してないし、美和子《みわこ》にも理解して欲しかった』

『俺がいなければ――』

『そういう考えはやめろ、廻《めぐる》。美和子《みわこ》がお前とうまくやれなかったのは、美和子《みわこ》が勝手に抱えていた理想の中にお前がいなかったせいだ。少なくともおれから見て、お前に過失はない。むしろ家族全員を亡《な》くす不幸を背負いながら、よくまっすぐ育ったと感心している』

『お父さん……』

お父さんはやはり尊敬すべき人だった。

そのことに俺は、喜びと申し訳なさでいっぱいになって言葉を失った。

『おれがわがままでお前を引き取ったんだから、美和子《みわこ》も好きなことをすれば心の均衡が取れて、夫婦としての仲も修復されると思っていたんだ。おれは廻《めぐる》を含めて幸せな一家を作りたかった。だから金が必要となった際、不正に手を染めてしまった。……すべては言い訳だがな』

お父さんは顔を上げ、魔子《まこ》を見つめた。

『魔子《まこ》、大きくなったな。おれを止めてくれてありがとう。愛している』

『パパ……』

魔子《まこ》は顔を伏せ、子供のように泣きじゃくった。

『廻《めぐる》、すまないが魔子《まこ》を頼む。魔子《まこ》は優秀だが、心はお前よりずっとずっと弱い。お前は深い絶望の淵《ふち》から這《は》い上がってきた、立派な男だ。娘を頼む——息子よ』

『お父さん……』

この後お父さんは警察に自首し——逮捕された。

……雨音がする。

ただの雨音じゃない。暴風とともに世界を呑《の》み込みそうなほど激しい雨音だ。

世界でこのリビングだけが隔離され、どこか知らない土地を漂っている……そんな夢想を俺はしていた。

『小六のときにやったわね……白雪姫《しらゆきひめ》……』

『……いきなり何だ？』

『あたしはいつも通りヒロインをやると思ったら、そっちは白雪《しらゆき》で。あたしはまさかの魔女役。いくら名前が白雪《しらゆき》と魔子《まこ》でも――と思って、当時憤慨したわ』

『……あったな』

クラス発表会で白雪《しらゆき》姫の演劇をやるとなった際、学級会で配役決めをすることになった。するど誰かが白雪《しらゆき》姫役に白雪《しらゆき》を推薦し、名前やイメージが一致していたことから、魔女役を魔子《まこ》が反論する間もなく決まってしまったのだ。

このときの魔子《まこ》は、本当に……今、思うと笑ってしまうほど、不服そうな顔をしていた。

白雪《しらゆき》は自分が主役に選ばれたことに動転し、魔子《まこ》に譲ろうとしたが、こうなると逆に天邪鬼《あまのじゃく》な魔子《まこ》は受け取らない。

というわけで魔子《まこ》は渋々魔女役を認め、腹いせに俺を王子役に推薦するという嫌がらせをしてきたのだ。

『あたしは魔子《まこ》って名前、昔から好きだったけれど、初めていろいろな妄想をしたわ』

『……例えば？』

『魔子《まこ》って、魔女の子供みたいでしょ？　王妃でもある魔女には娘がいて、それがあたしで……もし、王子様を好きになってしまったとしたら、どんな気持ちだろう――とかね』

『魔子《まこ》……？』

『魔女の子は魔女と関係ないから、白雪姫《しらゆき》と親友になっちゃって。そうしたら、親友二人ともが王子様を好きになっちゃったってことでしょ？　でも魔女の子は、魔女が白雪姫《しらゆき》を殺そうとしたから負い目もあって……。白雪姫《しらゆき》に王子様を譲ろうとするのかな？　それとも母親である魔女と一緒で、白雪姫《しらゆき》に嫉妬して殺そうとするのかな？　とか。……そんな、バカな妄想』

『魔子《まこ》、冗談がすぎるぞ』

いくら空想のたとえ話であっても、嫉妬して殺すとか――笑えない。

『……ねぇ』

魔子《まこ》はソファーの上を這《は》うように移動し、近づいてきた。

『――あの子に内緒でキスをして』

あの子、の部分にはどんな言葉を当てはめればいいのだろうか。

【好きな子】

【初恋の人】

【恩人】

【親友】

【恋人】

…………【白雪《しらゆき》】

俺と魔子《まこ》は——共犯者になったのだ。
大好きな父親を、自らの手で犯罪者にするという、罪深き共犯者。
そしてもう一つ。
白雪《しらゆき》を裏切るという——共犯者だ。
『表はあの子にあげる。でも——裏はあたしがもらうわ』
俺たちは一心同体と言うべき存在となった。

だから俺は、魔子《まこ》の命令を拒絶することができなかった。

顔を寄せ、魔子《まこ》の唇を奪う。

『っ!』

魔子《まこ》が突如唇を噛《か》んできた。

皮膚が裂け、血の味が口内に広がる。

しかし魔子《まこ》は決して唇を離そうとはしなかった。

痛みと苦みを伴う、絶頂に似た快感が口内から全身に広がる。

……ああ、背徳の味だ。


「だいぶ思い出したようね」

「——っ!」

魔子《まこ》はソファーの肘かけと俺の間に身体《からだ》をねじ込み、俺の表情を見上げていた。

肩は密着し、向かい合えば息さえかかるような距離だ。

「この家に戻ってきた日、『恩知らず』って書いた紙があったのは、俺とお前でお父さんを犯罪者にしてしまったからか」

「……別に公開はしていないけれど、どこかで漏れたのね。たぶん書いたのは、以前パパと繋《つな》がって利益を得ていた誰かよ。相手にするのも馬鹿らしいから、放置しているわ」

「もしかしてスマホ、壊れてなかったんじゃないのか？」

「……まあ、ね。古瀬《こせ》と会えば記憶を取り戻すと思ってたから、隠していたの。結局のところ、引っ越しをしなければ時間の問題だったわね」

「なぜ変な紙がポストに入れられるくらいなのに、引っ越さないんだ？」

「あたしとあんたで話し合って、ここに残ることにしたの。あたしたちは悪いことをしていないから、パパが出所したとき、帰ってくるのはこの家しかないって。だから、誰に嫌われたって堂々としていよう――そんな話をしたわ」

「お父さんは刑務所にいるから、記憶喪失の俺に『遠くにいる』って言ったんだな」

「そうよ。実際遠いでしょう？」

「美和子《みわこ》さんは？　お父さんが捕まったとき、どっかに行方をくらませていたはずだ。確か今、入院中だって言ってたよな？」

「ママは有り金持って逃げたけど、すぐに使い果たしてね。金の無心にあたしのところへやってきて……そのときには心を病んでいたわ。だから入院させたの」

「……そうか」

　俺は事故で両親と妹を失った。

　しかし魔子《まこ》は、俺がやってきたせいで両親を――その幸福のすべてを、ことごとく失ってしまっていた。

「お前がモデルで稼いで、俺がそのサポートをしていたのは、そのせいか」

「そうね。損害賠償金は、家以外の先祖からの遺産を全部売ることで払えたけど、見かけほど裕福って言えない状態だから」

「玄関とかにあった絵画とか壺《つぼ》は、そのとき売ったんだな？」

「ええ」

「……ちょっと待てよ。お前、この家に来た日、俺専用の通帳を渡してきたな。俺の両親の遺産は使わなかったのか？」

「話し合って、自分たちで迎えた状況なんだから、あんたの両親の遺産は最後の手段に取っておこうって」

「そんな状況なのに俺は、白雪《しらゆき》と恋人になり、記憶障害にまでなって……」

魔子《まこ》が俺のことを恋愛対象として愛しているのか、今でもよくわかっていない。

でも確実に言えるのは、魔子《まこ》にはもう、俺しか残っていない。

俺がもし魔子《まこ》を捨て、白雪《しらゆき》とだけ一緒にいようとしたら、魔子《まこ》をさらなる地獄に堕《お》とすことになるだろう。

そんなこと、鬼の所業だ。

(できない……俺に、魔子《まこ》を捨てることは……)

罪悪感、という言葉ですら生ぬるい気持ち悪さ。

これは――俺の〈業《ごう》〉だ。

生きる上で手放すことはできない、罪なのだ。

「――今なら、あのときの問いに応えられるのかしら？」

魔子《まこ》はこつんと俺の肩に頭をもたれてきた。

魔子《まこ》の緩やかにカールした長い髪が俺の首をくすぐり、香水の匂いが鼻腔《びこう》を刺激する。

甘える子供のように頬をすり寄せ、魔子《まこ》は言った。

「ねぇ、地獄って、どこから始まっていたのかしら？　あんたが引き取られてきたとき？　シラユキが引っ越してしまったとき？　それとも――今ここが、本当の地獄の入り口なのかしら？」

どれもが間違っていて、どれもが正解のように思える。

「お前を地獄から救えるのなら、俺は何でもするつもりだ」

「パパに頼まれたから？」

「それもある」

「それも？　じゃあ罪の意識からかしら？」

「それもある」

「他にもあるわけ？　じゃあ――あたしを愛しているから？」

「それは——」

気持ちがどうであろうと、うんと言うべきだと思った。

でも俺はすぐに声が出なかった。

——白雪《しらゆき》の顔が浮かんでいた。

明るく、優しく、愛らしく。

家族を交通事故で失った俺を、地獄から救い出してくれた女神。

初恋の人で、一緒に逃げ出したりもした。

大好きだった。

今も、心から愛している。

それでも俺は——

魔子《まこ》は俺の腕に指を這《は》わせ、いきなり爪を立てた。

「っ！」

皮膚が破れ、血の線が引かれる。

その血を——魔子《まこ》は舌を滑らせ、舐《な》め取った。

唇の端に真っ赤な血をつけ、俺の耳元で囁《ささや》く。

「――もう一度、あの子に内緒でキスをして」

俺の心を地獄の業火《ごうか》がむしばんでいた。

口先でどれほど喧嘩《けんか》をしようと、魔子《まこ》を嫌いなわけがない。

もし魔子《まこ》を嫌っていたのなら、鬼の所業だとしても、俺はきっとその重き業《ごう》に耐え切れず、すべてを捨てて白雪《しらゆき》との甘い夢に身をゆだねようとしただろう。

でもそうしないのは、事実として――魔子《まこ》のことが大切だからだ。

白雪《しらゆき》と出会っていなかったら、きっと魔子《まこ》に惹《ひ》かれていただろうと思うくらいに。

「ねぇ……メグル……。お願い……」

魔子《まこ》は頭を起こすと、ねだるようにつぶやき、また俺の前腕に爪を立てた。

魔子《まこ》は、またさらに美しくなっている。

心が傷つけば傷つくほど魔子《まこ》は美しくなる。恐ろしいほどに。

心の中を去来する、様々な想《おも》い。

今だけは――そう念じて心に蓋をし、俺は魔子《まこ》の唇を奪った。

「んっ……」

魔子《まこ》が俺の首に手を回し、放さないと言わんばかりに強く抱きしめてくる。

肩が震えていた。

『魔子《まこ》は優秀だが、心はお前よりずっとずっと弱い』

お父さんの声が頭をよぎる。

そうだ。

魔子《まこ》は数多くの才能があり、どれほど強気に見えても、心の弱いところがある女の子だった。

もしかしたら今、俺に拒絶されることを想像していたのかもしれない。

もしかしたら今、明日の朝目覚めたら、俺がいなくなっている可能性を考えていたのかもしれない。

そんな弱さが、魔子《まこ》の激しい気性の中に眠っているのだ。

魔子《まこ》はキスに満足すると、俺の背中に回り、背後から抱きしめてきた。

「絶対に振り向かないで……」

そうやって俺の動きを封じ、そのうえで甘えてくる。

「これ以上、あたしに触れてこないで……」

そういえば、魔子《まこ》は以前からこういうことを言っていた。

俺のことを誰よりも憎み、愛し――進むことも引くこともできずにいるのかもしれない。

「……わかった」

魔子《まこ》と一心同体であり、不幸の元凶となった俺は、そう言われれば叶《かな》えてやることしかできなかった。

「あたしは裏だけでいい……。ううん、裏がいいわ……」

消え入るような声でつぶやき、魔子《まこ》は俺の背中にすがりつく。

もう俺は、どこへ行こうとしているのか、どこへたどり着くのか、まったくわからない。

「あたしはあんたを絶対に許さない……。だから——一緒に地獄に堕《お》ちて……お願い……」

俺は……堕《お》ちていくしかないのだろうか……。

ああ——

どうしてだろうか。

白雪《しらゆき》の声が思い出せない……。

エピローグ

＊

あたしは小学五年生のときに我が家へやってきた男の子を、これでも歓迎しようとした。

だって、事情があまりにも可哀《かわい》そうだったから。

両親と妹を失い、うちへ引き取られてきた。あまり人の気持ちに想《おも》いを馳《は》せないあたしだけれど、さすがに同情した。

だからあたしは、いじめられたら助けてあげたりした。

『こいつ一応あたしの身内なんだけど？　ということはあたしにも喧嘩《けんか》を売っているっていうわけよね？』

まあ、弱ってるやつをいじめるバカは大嫌いだったから、そのことについてはむしろすっきりして気分がよかったことを覚えている。

でも――

『…………』

さすがに死んだような顔つきでいつまでもいられると、気が滅入《めい》って気分が悪くなってきた。

あたしがいろいろ声をかけてやっても、こいつはまったく立ち直らない。

段々と、お前のやり方が悪いせいだと言われている気がして、いらだつようになっていた。

だから、しょうがなく親友を紹介してやった。


『あ、あの、丹沢白雪《たんざわしらゆき》です……。よ、よろしくお願いします……』

『……はい』

『はい、お願いします』

『……はい』

『……はい？』

『……はい』

『……はい』

『……はい』

『ああ、もう訳がわかんない！　二人で何やってるのよ⁉』

実のところ、あたしはドキリとしていた。

傍《はた》から見て、初対面にもかかわらず、メグルとシラユキは相性がとてもいいと感じたのだ。

なんだかあたしだけが場違いなような……そんな恐怖を覚えた。

その懸念《けねん》は、次第に目に見える形で表れていった。

『嘘《うそ》ばっかり〜！　あれ、絶対笑ってたって〜！』

『ふふっ』

『今、廻《めぐる》くん笑った！　魔子《まこ》ちゃんも聞いたよね！』

『……確かにそのようね。半年顔を合わせていて、初めて聞いたわ』

『やったやった！　廻《めぐる》くん、笑えてよかったね！』

あたしがどれだけ気にかけてやってもほとんど話もしなかったのに、シラユキはメグルを立ち直らせてしまった。

胸に痛みを覚えた。ここまではっきりと差が表れるとは思っていなかった。

きっとこれはシラユキへの妬みだ、自分がやれなかったことを成し遂げた、そのことに対する胸の痛み——そう思った。

でもそれが違っていたことは後にわかることになる。

メグルが元気を取り戻すにつれ、あたしは別の不安に襲われることになった。

大事なものが取られてしまわないか、だ。

シラユキは、あたしの大事な親友だった。小学三年生で初めて出会って、夏休みのころにはかけがえのない親友になっていた。

あたしはどうしても人に強く当たってしまいがちだ。直そうとも思うのだが、いらだちを覚えると、つい言葉が鋭くなってしまう。

それを丸くしてくれるのがシラユキだった。

シラユキはあたしがきつい言葉を使ってしまっても、

『ダメだよ～、魔子《まこ》ちゃん。確かに魔子《まこ》ちゃんにとっては簡単かもしれないけど、みんなにはできないんだよ～。そんな風に言うとみんな傷ついちゃうから、優しく言わないと』

とあたしを褒めつつ、ガツンと正論を返してくる。みんながあたしに畏怖を覚えていても、白雪《しらゆき》はまったく負けない。

喧嘩《けんか》別《わか》れをした場合、家に帰って冷静になると、いつもシラユキのほうが正しかったことに気がつく。あたしは自己嫌悪《けんお》に陥り、またプライドの高さもあって自分から謝りに行こうとしないのだが、シラユキは気にせず話しかけてくる。心の底から気にしてないのだ。

そのおおらかで正しい心に、あたしはこの子には勝てない――と、小学三年生で確信した。

シラユキはあたしの親友にしてもらったと謙遜するが、親友にしてもらったのはあたしのほうだ。

あたしにとって、心の底から親友と呼べる同級生は初めてだった。だからあたしから毎日遊びに誘い、親友にしてもらった――と思っている。

その親友がメグルと急速に仲を深めていくのを見ていると、何とも言えない気持ちになった。メグルとシラユキがあたしを置いてどこかへ行ってしまう。残されたあたしは、二人が笑っているのを見ているだけ。そんな妄想を抱いたりした。


そして――『事件』が起こった。

あたしが内心で『キャッチボール事件』と呼んでいるものだ。

メグルはパパと仲良くなろうとしていた。その際、相談相手として、あたしではなくシラユキを選んだのだ。

そのときの会話を、あたしは公園の茂みから密《ひそ》かに聞いていた。

『父さんが好きだったんだ、キャッチボール』

『妹も、自分はできないくせに、いつも一緒についてきて……』

『母さんが迎えに来るまでずっと……』

二人の行動が怪しいと思い、こっそり追ってきたら二人は公園で相談をしていたのだ。

メグルの悲しい告白を聞いて、あたしは愕然《がくぜん》とした。

メグルの悲しみを、あたしはまったく理解していなかった。

自分の無力さ、愚かさをあたしは痛感していた。

そして、何より——

『白雪《しらゆき》——力になってくれてありがとう』

『そういうことを正面から言われると、なんだか照れちゃうね……』

『ああ、いや、白雪《しらゆき》の笑顔は魅力的だなって思って』

『え、えええっ⁉　わ、私より廻《めぐる》くんのほうが魅力的だよ！　私なんかは魔子《まこ》ちゃんと比べていろいろと小さいし！　魔子《まこ》ちゃんみたいに綺麗《きれい》でもないし！』

『いや、俺なんかは……』

『なんか、じゃないよ！　だって廻《めぐる》くんカッコいいし、頭いいし、運動できるし！　それに何より！　とっても辛《つら》い思いをしてるのに前を向いて、いろんな人に感謝できるし！　優しいし！　私なんかとは違って——』

『俺からも同じことを言う。白雪《しらゆき》は『なんか』じゃない』

『あははっ……。私たち、なんだかおかしいね』

『……ああ』

二人が恋に落ちていく様を、あたしは見ていた。

あたしはそのときまで、望むものすべてを手に入れてきた。

勉強も運動も一番。いつもクラスで一番可愛《かわい》いと言われていた。立派な職業のパパに、美人のママ。裕福な家庭で不自由することなく、優しい親友まででいた。

でも——

このときあたしは、どうしても欲しくて、けれども初めて手に入れられないかもしれないものを見つけた。

——湖西廻《こさいめぐる》。あたしの初恋の人。


こいつだけだった。あたしに媚《こび》を売ってこない男は。

こいつだけだった。あたしに皮肉を言うのは。

こいつだけだった。容姿も能力も無視して、あたしをまっすぐ見つめてくるのは。

こいつだけはあたしに対して打算がまるでない。白雪《しらゆき》のように真心の塊ではないが、人間として同じ位置に立ち、同じ位置で話している。

そんな唯一無二のやつに恋をして、何が悪いのだろうか。

しかし笑えるのは、そんな対等で、打算のないメグルが相手だからこそ、恋が成就《じょうじゅ》しない可能性が高いという事実だった。

何度も考えた。

結ばれないかもしれないことが嫌なら、近くの男から物色すればいい。

あたしにアプローチをかけられて嫌な顔をする男なんてメグル以外いないのだから、絶賛も、優しさも、贅沢《ぜいたく》も、好みの容姿も、すべてが簡単に手に入る。

でもあたしは――こいつ以外、欲しくなかった。

不安で、怖くて、当たり散らした。

メグルに気持ちがバレたくなくて、より強く当たるようになった。


そんな中、あたしを絶望の淵《ふち》に落とす事件があった。

あたしが『駆け落ち事件』と呼んでいるものだ。


小学校の卒業式の日――シラユキから衝撃的な言葉を聞かされた。

『魔子《まこ》ちゃん、廻《めぐる》くん、ずっと仲良くしてくれてありがとね。私、引っ越しても連絡するから、また遊んでくれると嬉《うれ》しいな』

あたしはシラユキを尊敬していた。メグルの心を射止めるのも当然と思えるほどに。だから嫉妬はあったけれども、どちらかと言えば傍《そば》にいて欲しいという気持ちのほうが勝っていた。

メグルも同じだ。決して口には出さないけれど、あれほど不幸な目に遭いながら、それでもまっすぐ立ち直ってきたことに、あたしは心の奥底で尊敬の念を覚えていた。あたしはへそ曲がりだからつい減らず口を言ってしまうけど、内実尊敬し、好きなこともあって、傍《そば》にいて欲しかった。

けれども――

――二人はあたしに一声もかけず、駆け落ちしたのだ。

駆け落ちと言っても、所詮は小学六年生。電車で行けるところまで行った、ぐらいの可愛《かわい》いものだ。しかも両親たちが騒ぎ出す前に限界を悟り、自分たちで帰ってきてしまった。こんなの二人だけの小さな卒業旅行と言ってもいいだろう。

だがあたしだけは知っていた。二人にとってあれは『駆け落ち』だったのだ。

引っ越した日に電話をすると、シラユキはへこむどころかどこか浮《うわ》ついていた。

だから問い詰め――『駆け落ち』だったことを知った。

それを聞いて、あたしは――

――心が焼き付くような、嫉妬を覚えた。

シラユキのことがこんなに羨ましいと思ったことはなかった。

それほどシラユキの語る出来事はロマンチックで、美しく、夢物語を超えるような輝きを放っていた。

事実、メグルは駆け落ち以後から変わった。

立派になりたい、と言い出すようになった。勉強や運動など、二年ほど前には死人同然だったことが嘘《うそ》かのように精力的に活動をし始めていた。

この『駆け落ち』によって、二人の絆《きずな》は距離や時間で裂かれることのない、永遠のものになったのだとあたしは感じた。

メグルとシラユキ。どちらも尊敬し、あたしは心から二人を欲《ほっ》しているのに、二人は二人だけで未来を歩もうとしている。

（それだけは、許せない――）

あたしはメグルと恋人になり、シラユキと親友であり続けることを望んでいた。

どちらか一方だけではなく、その両方の実現をさせたかった。

だがメグルとシラユキが恋人になれば、メグルは手に入らず、そんなメグルを見たくなくて、シラユキの傍《そば》にもいられない。

状況を見ると、あたしとメグルがくっつくより、シラユキとメグルがくっつくほうが比べようもなく可能性が高かった。そのこともあって、あたしは感情のバランスがうまく取れずにいた。

怖くて、不安で――本来ならシラユキのいない間に、あたしはメグルの歓心を買うよう媚《こ》びる必要があったかもしれない。

でもプライドが邪魔をしていた。

さらにパパとママの不和が感情を乱していたという事情もあった。

メグルが悪いわけではない。でもメグルが無関係なわけでもない。

パパとママの不和は辛《つら》すぎて、ついあたしはあらゆる場面でヒステリックに当たってしまっていた。

そのたびに自己嫌悪《けんお》。もしシラユキが傍《そば》にいたらと、どれほど思ったことか。

もちろん電話をすればシラユキは励ましてくれるし、助言もしてくれる。それでもいざというとき、シラユキが隣にいない。それは心が弱いあたしにとって、とても辛《つら》いことだった。

メグルとシラユキが結ばれそうになっていることも、相談しにくいことに拍車をかけていた。

あたしのシラユキへの想《おも》いは複雑だ。

いないと寂しく、自信がなくなる。だが同時に誰よりも憎み、妬み、尊敬していた。

あらゆることが絡《から》まり、あたしは自分の心が制御できなかった。

あたしはもてはやされても、実はその程度のガキだったのだ。

そんな中学三年生の夏休み——古瀬佐《こせたすく》が突然現れた。

『——君たちのお父さん……県会議員才川達郎《さいかわたつろう》は不正をしている』

メグルは衝撃を受けたようだが、あたしは十分にあり得ると思っていた。

もちろんすぐに否定をしてメグルをおとなしくさせたけれども、あたしには思い当たることがあった。

ママはびっくりするほど高価な宝石をいくつも持っていた。そのことをメグルは知らなかったようだが、あたしはママから自慢されて知っていた。その値段を聞き、パパの収入ではまず買えないこともわかっていた。でも、あたしはママを不機嫌にしたくなくて、目を塞いでしまっていた。

あたしのことをメグルやシラユキが『正義感がある』と言ってくれることがあるが、二人の正義感とあたしのものはちょっと違う。

あたしの正義感は、所詮身内のレベルだ。

身内が傷つけば怒るし、身体《からだ》を張る。その程度。

メグルやシラユキは、公明正大と言うべきか。『社会に対して』や『人間として』といった、より大きな正義感だ。

だからあたしはパパの不正やママの散財を見なかったことにした。それを受け止めるだけの心のキャパシティがなかった。

メグルは結局、一人で古瀬《こせ》のところに行ってこの件を掘り下げた。

そこでわかったことに対し、あたしは激昂《げきこう》してメグルを責めたが、同時に受け入れていた。

あたしは見なかったことにして、できればごまかそうとしてしまったけれど、隠し通せないとも心の片隅で思っていたのだ。

ただし、悲しくなかったわけじゃない。

パパが逮捕されたのはたとえようもないほどショックだったし、ママが失踪したのには愕然《がくぜん》とした。

あたしは弱かった。メグルのように家族の不幸があっても立ち上がり、苦難に自ら立ち向かっていくなんてこと、あたし一人ではできない。

そう、一人ではできないのだ。

『——あの子に内緒でキスをして』

あたしは、卑怯《ひきょう》者だ。メグルの弱みに付け込み、無理やり自分のものにした。

メグルがあたしに罪悪感を覚えているのをいいことに、決して断れない要求を突き付けたのだ。

確かに客観的に見て、メグルが来てからあたしは不幸になった。

パパ、ママ、シラユキ……身近なものを失っていった。

——だからといって、そのどこにメグルの過失があっただろうか。

メグルはただ一生懸命に生きていた。あたしが恵まれた環境にあぐらをかいている間、運命と戦い、精いっぱいあがいていた。

そんなところに、あたしは惹《ひ》かれたのだ。

メグルが来たことであたしが不幸になったのは、単に偶然に過ぎない。

いや、不幸になったのはあたしの力不足が原因だ。

因果がメグルに関係があるように見えるからで、あたしが当初からメグルを歓迎して仲良くできるほどの度量を持ち、ママの心をケアし、パパと同調できるだけの余裕を持っていれば、少なくとも両親の破綻はなかった。

家族を事故で失い、引き取ってもらった負い目があるメグルとあたしは違う。そもそも立場の時点で大きな違いがあるのだ。

あたしはメグルの罪悪感を利用した悪女だ。

それでも——

それほどまでに、あたしはメグルに傍《そば》にいて欲しかった。

自分の力不足とはいえ、もうあたしに残されたのは、メグルしかいなかったから。

『表はあの子にあげる。でも——裏はあたしがもらうわ』

あたしは未《いま》だにシラユキが好きで、尊敬していて、敵《かな》わないと思っている。

だから卑怯《ひきよう》で弱いあたしは、正面からぶつかることができない。

なんて愚かなのだろうと自己嫌悪《けんお》に陥るが、あたしは身動きができずにいる。

『あたしはあんたを絶対に許さない……。だから——一緒に地獄に堕《お》ちて……お願い……』

ねぇ、メグル。

あんたの記憶が失われたと聞いたとき、あたしはショックだった。

だって共犯者となった日も……一緒に傷を舐《な》めるように抱きしめ合った台風の夜も……忘れられていたのだから。

でも途中であたしは一つのことに気がついた。

『今の俺は、二股をかけてることになってるんだぞ？　お前のほうが嫌がって当然だろう』

『……そうね、そう思っていたんだけど……何だか悪くない、い、い、気もしてきたわ』

あんたが記憶をなくしたことで、あたしとシラユキは横一線となった。

あたしたちの間に共犯者という繋《つな》がりがなくなった代わりに、あんたとシラユキの輝かしい『キャッチボール事件』も『駆け落ち事件』も消えた。

また新たに一から始められるかもと思うと、このままでもいいかと思ってしまった。しがらみがなく、シラユキからあんたを奪い取れるかもしれないなんて、幸せなことだと感じてしまった。

でも、それもおしまい。

あんたがここまで思い出してしまった以上、無知であるがゆえの幸せな時間は終わりを告げた。

ねぇ、メグル。

実は一度も言っていないけれど、ずっと言いたい言葉があるの。

「メグル……あんたを愛している。この世の誰よりも。シラユキにだって渡したくない。あんたがいれば——地獄に堕《お》ちても構わない」

だから……ね。

お願い、メグル……。

――もう一度、あの子に内緒でキスをして。

二巻へ続く

あとがき

初めての方は初めまして。『幼なじみが絶対に負けないラブコメ（以下おさまけ）』等、別作品を読んでいただいている方は、またお会いできて嬉《うれ》しいです。二丸《にまる》です。

今回、おさまけ十巻と同時発売という形でこの『呪われて、純愛。』の一巻を発売させていただき、また続きの二巻が来月（二〇二二年十一月）発売と、連続で刊行いたします。

連続刊行はこの物語を考えた際、二冊で一度区切りがつくような想定で書きたいと編集者に告げたところ「一巻と二巻はなるべく期間が空かないほうがいいのでは？」とご提案いただき、ならば……ということで書き溜《た》めたうえで実現しました。なお、二巻で一応の区切りはつきますが、売上がよければ続きを書く、ということも決めています。

さて今作『呪われて、純愛。』ですが、皆さん、一巻を読んだ感想はいかがでしょうか？

「二丸《にまる》めぇ！　この畜生が！　いいところで終わってんじゃねーかよ！　クソがっ！」

ともし思っていただけたなら、私はニヤニヤしながら「最高の誉《ほ》め言葉、ありがとうございます」とお伝えしたいと思います。そしてぜひ二巻も買って読んでください、マジお願いします。

恋愛物語にはおさまけのようにコメディ強めの作品もあれば、胃が痛くなるような展開なのにそれが面白くてしょうがない、という作品もあります。今作は後者を目指した作品です。

私はこういった作品が大好きで、いずれ書きたいと思っていたため、今回この作品を発売できたことに大きな喜びを感じています。そして、自分と同じようにこうした作品が好きな人が手に取ってくれたり、初めてだが面白いと思う人が増えたりすると嬉《うれ》しいな、と考えています。

タイトルに『純愛』が入っているのは、『純愛』でなければ三角関係の胃の痛む関係とならない部分があると思ったからです。もし主人公がヒロイン二人と付き合うことに良心の呵責《かしゃく》を覚えず、ヒロイン二人も受け入れるのなら誰も苦しみません。そして現代の多様な恋愛を見ると、全員が納得しているのなら問題はなく、それもまた面白い恋愛物語だと思います。

しかし『不純』ではなく『純愛』だからこその美しさと苦しみ、そして魅力があるのではないか、と考えています。ライトノベルで『不純恋愛もの』と言われるものもあります。また一対一ラブコメやライト文芸の感動恋愛ものは『純愛もの』とも言えるでしょう。それらとの差別化として、『呪われて、純愛。』は『多重純愛もの』と勝手に自称したいと思います。


最後に編集の黒川《くろかわ》様、小野寺《おのでら》様、ありがとうございます！　またイラストのハナモト先生、一巻はキャラデザだけでも大変なのに、とても美しいイラストを…しかも二冊連続刊行をこなしていただき、感謝です！　そしてこの作品に協力いただいているすべての皆様に感謝を。

二〇二二年　七月　二丸修一《にまるしゅういち》

◉二丸修一 著作リスト

「ギフテッドⅠ〜Ⅱ」（電撃文庫）
「女の子は優しくて可愛いものだと考えていた時期が俺にもありました1〜3」（同）
「幼なじみが絶対に負けないラブコメ1〜10」（同）
【ドラマCD付き特装版】幼なじみが絶対に負けないラブコメ6　〜もし黒羽と付き合っていたら〜」（同）
「呪われて、純愛。」（同）
「嘘つき探偵・椎名誠十郎」（メディアワークス文庫）

本書に対するご意見、ご感想をお寄せください。

ファンレターあて先
〒 102-8177　東京都千代田区富士見 2-13-3
電撃文庫編集部
「二丸修一先生」係
「ハナモト先生」係

本書は書き下ろしです。

電撃文庫

呪《のろ》われて、純愛《じゅんあい》。

二丸修一《にまるしゅういち》

2022年10月10日　初版発行

発行者　青柳昌行
発行　株式会社KADOKAWA
〒102-8177　東京都千代田区富士見2-13-3
0570-002-301（ナビダイヤル）
装丁者　荻窪裕司（META＋MANIERA）
印刷　株式会社暁印刷
製本　株式会社暁印刷

●お問い合わせ
https://www.kadokawa.co.jp/（「お問い合わせ」へお進みください）
※内容によっては、お答えできない場合があります。
※サポートは日本国内のみとさせていただきます。
※ Japanese text only

※定価はカバーに表示してあります。

ISBN978-4-04-914222-8　C0193　Printed in Japan

電撃文庫　https://dengekibunko.jp/

電撃文庫創刊に際して

文庫は、我が国にとどまらず、世界の書籍の流れのなかで〝小さな巨人〟としての地位を築いてきた。古今東西の名著を、廉価で手に入りやすい形で提供してきたからこそ、人は文庫を自分の師として、また青春の想い出として、語りついできたのである。

その源を、文化的にはドイツのレクラム文庫に求めるにせよ、規模の上でイギリスのペンギンブックスに求めるにせよ、いま文庫は知識人の層の多様化に従って、ますますその意義を大きくしていると言ってよい。

文庫出版の意味するものは、激動の現代のみならず将来にわたって、大きくなることはあっても、小さくなることはないだろう。

「電撃文庫」は、そのように多様化した対象に応え、歴史に耐えうる作品を収録するのはもちろん、新しい世紀を迎えるにあたって、既成の枠をこえる新鮮で強烈なアイ・オープナーたりたい。

その特異さ故に、この存在は、かつて文庫がはじめて出版世界に登場したときと、同じ戸惑いを読書人に与えるかもしれない。

しかし、〈Changing Times,Changing Publishing〉時代は変わって、出版も変わる。時を重ねるなかで、精神の糧として、心の一隅を占めるものとして、次なる文化の担い手の若者たちに確かな評価を得られると信じて、ここに「電撃文庫」を出版する。

1993年6月10日
角川歴彦

電撃文庫DIGEST　10月の新刊

発売日2022年10月7日

ソードアート・オンライン27 ユナイタル・リングⅥ

著／川原 礫　イラスト／abec

アンダーワールドを脅かす《敵》が、ついにその姿を現した。アリスたち整合騎士と、エオラインたち整合機士――アンダーワールド新旧の護り手たちの、戦いの火ぶたが切って落とされる――！

幼なじみが絶対に負けないラブコメ10

著／二丸修一　イラスト／しぐれうい

新学期を迎え進級した黒羽たち。初々しい新入生の中には黒羽の妹、碧の姿もあった。そんな中、群青同盟への入部希望者が殺到し、入部試験を行うことに。指揮を執る次期部長の真理愛は一体どんな課題を出すのか――。

新作 呪われて、純愛。

著／二丸修一　イラスト／ハナモト

記憶喪失の廻の前に、二人の美少女が現れる。『恋人』と名乗る白雪と、白雪の親友なのに『本当の恋人』と告げて秘密のキスをしていく魔子。廻は二人のおかげで記憶を取り戻すにつれ、『純愛の呪い』に蝕まれていく。

魔王学院の不適合者12〈下〉 ～史上最強の魔王の始祖、転生して子孫たちの学校へ通う～

著／秋　イラスト／しずまよしのり

《災淵世界》で討つべき敵・ドミニクは何者かに葬られていた。殺害容疑を被せられたアノスは、身近に潜む真犯人をあぶり出す――第十二章《災淵世界》編、完結!!

恋は夜空をわたって2

著／岬 鷺宮　イラスト／しゅがお

ようやく御簾納の気持ちに応える決心がついた俺。「ごめんなさい、お付き合いできません」が、まさかの玉砕!?　御簾納自身も振った理由がわからないらしく……。両想いな二人の恋の行方は――？

今日も生きててえらい!3 ～甘々完璧美少女と過ごす3LDK同棲生活～

著／岸本和葉　イラスト／阿月 唯

相変わらず甘々な同棲生活を過ごしていた春幸。旅行に行きたいという冬季の提案に軽い気持ちで承諾するが、その行先はハワイで――!?　「ハルくん！　Aloha です!!」「あ、アロハ……」

明日の罪人と無人島の教室2

著／周藤 蓮　イラスト／かやはら

明らかになる鉄窓島の「矛盾」。それは未来測定が島から出た後の"罪"を仮定し計算されていること。つまり、島から脱出する前提で僕らは《明日の罪人》とされている。未来を賭けた脱出計画の行方は――。

わたし以外とのラブコメは許さないんだからね⑥

著／羽場楽人　イラスト／イコモチ

学園祭での公開プロポーズで堂々の公認カップルとなった希墨とヨルカ。幸せの絶頂にあった二人だが、突如として沸いた米国への引っ越し話。拒否しようとするヨルカだったが……。ハッピーエンドをつかみ取れるか！？

新作 アオハルデビル

著／池田明季哉　イラスト／ゆーFOU

スマホを忘れて学校に忍び込んだ在原有葉は、屋上で闇夜の中で燃え上がる美少女――伊藤衣緒花と出会う。有葉は衣緒花に脅され、〈炎〉の原因を探るべく共に過ごすうちに、彼女が抱える本当の〈願い〉を知ることに。